꿈꾸듯
미치도록
뜨겁게

꿈꾸듯 미치도록 뜨겁게

이승하 지음

달아실

사랑의 탐구,
사랑의 실천

저는 등단 이후 어두운 색조의 시를 많이 썼습니다. 시집 제목이 '욥의 슬픔을 아시나요' '뼈아픈 별을 찾아서' '폭력과 광기의 나날' '감시와 처벌의 나날' '아픔이 너를 꽃피웠다' '예수 · 폭력' 등이었으니 짐작이 가지 않습니까. 저는 비극의 현장을 곧잘 시의 공간으로 삼았습니다. 이 지상에는 슬픈 일들이 많이 일어나지만 그래도 사랑을 실천한 사람들이 있을 거라는 생각에서 러브스토리를 수집해보았습니다.

좋은생각사에서 '깊이 빠져들다'란 제목으로 출간해준 이후 몇 쇄를 찍기도 했습니다만 10년 전쯤에 단행본 출간을 중단하겠다고 연락을 해왔습니다. 긴축재정을 펴기로 했다는 것이었습니다. 창고에 있는 제 책을 전부 보내주겠다고 하더니 대금도 받지 않고 남아 있는 전량을 부쳐주었습니다. 그 책들을 제게 시집을 보내주시는 분들에게 보답으로 부쳐드리다 보니 달랑 1권만 남게 되었습니다. 그래서 개정증보판을 낼 생각을 하고 있던 터에 달아실 출판사의 요청을 받고 원고 정리를 하게 되었습니다.

예전 판에서는 편편이 일러스트가 들어갔는데 이번에 내는 개정증보판에서는 사진을 한두 장씩 넣기로 했습니다. 제 얘기는 유명인들의 러브스토리에 비해 초라하기 짝이 없지만 증보판의 머리말에 올립니다. 제 아내와 결혼하기까지의 이야기입니다.

가난한 연인의 이야기는 러시아의 소설에 특히 많이 나옵니다. 그 가운데서도 도스토예프스키의 출세작 「가난한 사람들」의 주인공 마카르와 바르바라의 순애보는 사춘기 시절의 나를 울먹이게 한 작품으로, 아련한 그리움을 불러일으키는 책 중의 하나입니다.

1986년 무렵을 생각하면 궁핍, 곤궁, 빈한 등의 낱말이 바로 연상됩니다. 보릿고개가 사라진 지 오래이니 끼니를 거를 정도의 가난은 아니었지만 장가갈 돈이 수중에 단돈 10만 원이 없었으니 말입니다. 대학원 시절이었습니다. 조교 생활을 하면서 받은 월급을 모아 등록금을 내고 하숙비를 주고 나면 남는 것이 한 푼도 없었습니다. 게다가 도서 구입, 자료 복사, 논문 발간에 웬 돈이 그리 많이 드는지. 소도시 문방구점의 차남이 대학원에 진학한 것이 무리였고, 사랑에 빠져 결혼식을 한 것은 더더욱 무리였습니다. 드러내놓고 얘기할 만한 것이 아님을 알지만 1986년도에 내가 치러낸 돈키호테식 통과의례를 솔직하게 털어놓을까 합니다.

그 전 해의 가을에 누이동생이 입원을 해 매월 많은 입원비가 들어갔는데 퇴원한 뒤에도 통원 치료를 계속해야만 했습니다. 아버지는 만년 실업자요 어머니가 초등학교 앞에서 문방구점을 하고 있었습니다. 집안에 우환이 생겨 가세가 기운 터에 학비를 운위할 수 없었습니다. 보태드릴 수 없는 처지가 안타까울 따름이었습니다. 내가 할 수 있는 최선의 방법은 휴학하지 않고 빨리 졸업하는 것이라 생각하여 3차 학기에서 4차 학기로 넘어가는 여름방학 때 논문의 자료를 모으고 초고를 써나갔습니다.

아내가 된 이가 나를 지금까지도 '이 세상에서 제일 재미없는 사람'이라고 부르는 것에 나는 이의를 제기하지 못합니다. 데이트도 약혼도 결혼도 전부 그녀의 주선으로 이루어졌으니까요.

허구한 날 방구석에 틀어박혀 책 읽고 글 쓰는 것을 크나큰 낙으로 삼고 살아가는 내게 연애는 실로 부담스러운 노역(?)이었습니다. 부담스러운 노역이라면 빨리 끝내는 것이 상책이겠지요. 우리는 해가 가기 전에 결혼하자고 약속했고, 날짜도 양가 부모님께 상의 드리지 않고 우리끼리 정해 허락을 받아냈으니, 두 사람 다 막돼먹은 자식이었습니다. 날짜를 11월 29일로 정한 것은 내가 영세를 받은 흑석동 명수대성당과 그녀가 영세를 받은 명동성당의 혼배미사 스케줄에 맞추다보니 그렇게 되었습니다. 명동성당은 크리스마스 전까지 토요일 오후가 혼배미사로 꽉 차 있었습니다. 무작정이요 막무가내식 결혼식이라고 할 수 있을까요.

이런 와중에 약혼식을 했으니 하느님도 웃었겠지요. 양가 부모님께 "그간 이런 사람과 교제해왔으니 결혼을 허락해주십시오"라고 말씀을 드리기도 전인 9월의 어느 평일이었습니다. 우리는 학교 앞 보석상에서 두 돈의 금을 사 금반지 두 개를 만들었습니다. 조금 굵은 반지의 안쪽에는 '혜윤·승하 86. 9. 28'이라고 적혀 있었고, 조금 가는 반지의 안쪽에는 '승하·혜윤 86. 9. 28' 이라고 적혀 있었습니다. 약혼식도 의식이니 증인이 있어야 하고 식장도 필요하지 않겠습니까.

우리는 스승의 시구(詩句) 그대로 눈이 부시게 푸르른 날 하오에 명수대성당 2층의 예배실로 살그머니 올라갔습니다. 웬 아주머니 한 분이 제일 앞쪽에서 미사포를 쓰고 기도를 드리고 있었습니다. 가슴이 마냥 두근거리는 우리를 내려다보고 계시는 분은 십자가에 매달린 앙상한 몰골의 예수님 단한 분이었습니다.

우리는 그 증인 앞에서 기도를 드렸고, 죽는 순간까지 부부의 길을 가자고 약속했고, 반지를 서로의 손에 끼워주었습니다. 예수님이야말로 우리들의 서약을 지켜본 최고의 증인이라고 생각하면서. 그 넓고, 조용하고, 경건한 실내는 또한 최고의 식장이 아니었을까요. 그때의 반지를 두 사람은 지금껏 끼고 있습니다. 나는 이 가느다란 금반지를 어느 한 순간도 손가락에서 뺀 적이 없습니다. 몇 푼 되지도 않는 반지이지만 그 어떤 보석보다 더 값지다고 믿고 있기에 마음만은 풍요로웠던 그 시절을 잠시 회상해보았습니다. 지금까지 아내에게 헌정한 시가 별로 없는데 이 한 편의 시에는 이름이 나옵니다.

피어 있는 꽃
— 혜윤에게

그대 향해 다가가면 늘 내 마음은 무너져
바람이 부는 율곡로에서는 휴지와 같이
비가 내리는 세종로에서는 빗물에 섞여

어디 멀리 사라지고 싶었다 숨고 싶었다
그대 이런 나를 몇 번이고 만류하는구나

각막 이식을 하고 눈뜬 아침

나는 아직도 무슨 바람이 그리 많이 남아
살려고 애쓰는가 조금이라도 더 살려고 하는가
그대 곁을 맴돌며 맴돌며 나직이 불러본다
꽃이여 우리 지금 살아 함께 숨쉬고 있구나
살아야 할 많은 시간 앞에
내가 부끄러워 고개 떨군다

깨어 다가오는 우주여

2022년 봄에
이승하

그들의 사랑,
천년 뒤에도 이야기되리

유치환의 시 「행복」에 이런 구절이 있습니다. "사랑하는 것은 사랑을 받느니보다 행복하나니라." 그렇지요. 불변의 진리입니다. 인간이 타인을 사랑할 때보다 더 기쁘고 행복할 수는 없습니다. 사랑은 또한 맹목적이어야 합니다. Love is blind. 앞뒤 재면서 하는 것이 아니라 저돌적으로 하는 것이 사랑임을 저는 이 책을 준비하면서 깨달았습니다. 예술가들의 창조행위의 근저에는 이성에 대한 간절한 사랑이 있었다는 것도 확인할 수 있었습니다. 큐피드의 화살을 맞고 나서야 인간은 창의성을 발휘하고 천재성을 발휘하고 위대한 작품을 생산해냈던 것입니다.

제가 『좋은생각』의 의뢰를 받고 이 이야기를 연재하기 시작한 것은 1999년 11월이었습니다. 2002년 12월까지 38회 연재를 했었지요. 문학인의 생애는 우리가 대강 알고 있지만 러브스토리는 대개 숨은 이야기입니다. 그래서 저는 3년여 동안 세 군데 도서관을 샅샅이 뒤져 전기와 자서전, 저서와 번역서 등을 찾아 읽으며 그들이 어떻게 사랑했는지, 사랑의 기쁨과 슬픔을 어떤 방식으로 표출했는지 추적했습니다. 그 사람에 관련된 책을 읽고 난 뒤, 그다지 색다른 사랑이 아니어서 글쓰기를 포기한 적이 얼마나 많았는지 모릅니다.

단행본으로 읽고 싶다는 독자들의 요청이 있다고 하기에 원고를 정리하는 과정에서 연재시에 다루었던 여러 사람이 빠졌고, 새로 많은 사람이 추가되었습니다. 그 과정에서 국내 문인이 다수 들어가게 되었음을 다행으로 생각합니다. 연재물이 아닐 경우 원고 매수에 제한이 없어 보다 수월하게 썼습니다. 해외에 학술답사를 가서도 밤늦게까지 교정을 보고 새벽에 일어나 원고를 고쳤습니다.

제 첫 시집의 제목이 '사랑의 탐구'입니다. 그 시집에는 같은 제목의 시가 실려 있지요. 이렇게 끝납니다.

사랑은 그 집 앞까지 따라가는 것일까
세월처럼 머무르지 않는 것일까 낯선 누나가
흘러 들어오는 것이지 젓가락 장단에 잠 설치지만
사랑이란 다름아닌 침묵하는 것 부드럽게
어루만져주는 것 쓰다듬으면서
네가 하는 말을 다 이해한다고
고개 끄덕여주는 것

사랑하는 사람 사이에는 '사랑한다'는 말이 필요없습니다. 이심전심으로 통하는 사랑이 시인의 시심을 일깨웠을 테고 작곡가에게는 영감을 불어넣었을 것입니다. 이 자리에서 다룬 사랑의 사례는 그들의 작품과 업적, 명성과 더불어 1천 년의 세월이 흐른다고 한들 변하지 않으리라고 저는 믿습니다. 사랑은, 기대하는 것이 아니라 실천하는 것입니다. 지금 우리 이렇게 살아 있으니, 혼신의 열정으로 사랑하는 것입니다. 사랑함으로써 우리의 생, 고귀해질 수 있는 것을.

2003년 겨울에

이승하

차례

작가의 말   4

1부. 꿈꾸듯이 夢

차마 건네지 못한 말들은 불이 되어   18
선덕여왕과 지귀

간절한 바람은 사랑을 이룬다   23
원효대사와 요석공주

조선인 혁명가를 사랑한 일본 여성   30
박열과 가네코 후미코

혈서로 고백한 사랑   38
김유정과 박녹주

존경심을 가득 담아 바치는 선물   46
조만식과 전선애

그 사랑으로 인해 내 인생은 달라졌다   52
나혜석과 세 남자

그대를 사랑할 수 있어 행복했습니다   59
백석과 자야

사랑하였으므로 나는 괴로웠다   69
한하운과 R

당신의 눈동자 입술은 내 가슴에 있어   80
박인환과 이정숙

사랑하기에 나는 미친다   87
이중섭과 야마모토 마사코

풀잎으로 묶어준 갈래머리   94
신동엽과 인병선

한평생 변함이 없는 사랑   100
천상병과 목순옥

2부. 미치도록 狂

한평생 내내 지속한 짝사랑   108
찰스 램과 앤 시몬스

참으로 신비로운 삼각관계   113
마야코프스키와 브릭 부부

내 첫사랑을 만인이 기억케 하리   118
단테와 베아트리체

부부의 연은 하늘이 맺어주는 것   125
육유와 당완

가장 아름다운 청혼의 방법   131
도스토예프스키와 안나 스니트키나

우리가 어느 별에서 내려와 만났기에   136
루 살로메의 연인들

첫눈에 반했다가 미쳐버리고 말다   142
휠덜린과 주제테 부인

남편에게 애인이 생겼다 하여도   147
에밀 졸라와 알렉산드린 멜레

나의 사랑, 나의 생명, 나의 신부 곁에서   152
포와 버지니아 클렘

3부. 뜨겁게 熱

사랑에는 이유가 없다   158
보들레르와 잔느 뒤발

마르지 않는 사랑의 샘물   163
괴테와 레베초프

기다림이 내게 고통만은 아니었소   167
발자크와 에블린 한스카

사랑의 실패를 딛고 일어서는 용기   172
예이츠와 모드 곤

시련이여 오라, 사랑으로 극복하리니   176
카슨 매컬러스와 리브스 매컬러스

사랑은 온몸을 던져서 하는 것이다   181
D.H. 로렌스와 프리다

내 사랑의 방식은 내가 선택한다   186
버지니아 울프와 레너드 울프

내 묵은 슬픔을 눈물로, 피로 쓴다   191
유진 오닐과 칼로타 몬트레이

내 사랑은 피보다 진한 붉은색   197
이사도라 덩컨과 세르게이 예세닌

사랑만으로는 해결할 수 없는 부부관계   203
진 세버그와 로맹 가리

부록. 등장인물 소개   209

1부.

夢

<u>꿈꾸듯이</u>

차마 건네지 못한
말들은 불이 되어

선덕여왕과 지귀

善德女大王像

손연칠 화백이 그린 선덕여왕 영정

까마득한 옛날, 640년경이었다. 신라의 청년 지귀가 선덕여왕을 언제 어디서 처음 보게 되었는지는 알 수 없다. 짐작하건대 여왕을 호송하는 경비병의 한 사람이었을 확률이 가장 높다. 지귀의 직책이 무엇이었든지 간에 여왕을 가까운 곳에서 볼 수 있었어야지 이 로맨스는 성립될 수 있다.

여왕의 아름다운 자태를 여러 차례 보는 동안 지귀는 점점 더 사모의 정을 느끼게 되었지만 이루어질 수 없는 사랑이었다. 사모의 마음은 누르려 하면 할수록 더욱 심해졌다. 마음의 병은 몸의 병으로 이어져 결국 몸져눕게 되었다. 식음을 전폐하며 시름시름 앓게 되었으니 이름 그대로 상사병이었다. 얼굴이라도 한번 제대로 보았으면, 말 한마디라도 다정히 건넬 수 있다면 더 이상의 소원이 없을 것 같았다.

"이보게 지귀, 도대체 어디가 아픈가?"

"기운 좀 차리게. 어디가 아프면 아프다고 말을 해야지 약을 지어 올 게 아닌가."

문병 온 친구들의 성화에 지귀는 아무 말도 할 수 없었다. 어디가 아프냐고 아무리 물어보아도 지귀는 며칠 쉬면 나을 것이라고 말할 뿐이었다. 며칠이 무언가. 보름이 지나고 달포가 되어도 지귀의 이상한 병세는 차도가 없었다. 무엇에 홀린 듯 천장을 보며 한숨만 내쉬는 지귀를 보며 친구들의 궁금증은 더욱 커져만 갔다. 몇 번 다시 찾아간 친구들이 어느 날 마침내 그 비밀을 알게 되었다.

"여보게들, 누구한테도 얘기하지 않겠다고 약속을 하면 내가 이렇게 아픈 이유를 말하겠네."

"암, 여부가 있나."

지귀가 여왕을 사모하여 식음을 전폐하게 되었다는 말을 듣고 친구들은 다들 기절초풍하였다. 세상의 하고많은 여인네 중에서……

여왕님이 말 한마디라도 따뜻하게 해주신다면 더 이상의 소원이 없을 것이라는 지귀의 말을 친구들은 도저히 이해할 수 없었다. 이건 목숨을 내놓고 하려는 사랑이 아니고 무엇인가. 친구들은 어떻게 하면 지귀의 마음을 돌릴까 매일 모여 궁리를 했고, 곧 이 일은 사람들의 귀에 들어가게 되었다.

소문은 꼬리에 꼬리를 물고 퍼져 결국 여왕의 귀에까지 들어갔다. 지귀의 목숨이 위태롭게 되었다는 말을 들은 여왕은 곰곰이 생각해보았다.

'정말 나로 인해 그 청년이 죽게 된다면 원귀가 되어 나타날지도 몰라. 내 한번 만나서 소문의 진상을 알아보고, 그 소문이 정말이라면 잘 타일러봐야겠다. 앞날이 구만리 같은 사람이 그런 이유로 괴로워해서는 안 되지. 좋은 처자 만나 혼인을 했으면 좋겠는데……. 그렇다고 내가 직접 그 청년의 집에 갈 수는 없지. 그럼 이 나라 온 백성이 두 사람 사이에 무슨 일이 있었다고 말들을 해댈 테니까.'

지혜로운 여왕은 묘안을 짜냈다. 연중 날을 잡아 영묘사라는 절에 불공을 드리러 가는 관례가 있었는데 마침 그날이 얼마 남지 않은 때였다. 여왕은 은밀히 지귀의 집으로 신하를 보내 거동할 수 있으면 아무 날 아무 시에 영묘사로 오라고 전했다. 이 말을 전해들은 지귀는 너무나 놀랐다.

'이것이 꿈인가 생시인가……'

기진맥진한 상태였지만 그 말을 듣고 며칠 밥을 먹으며 기운을 차렸다.

지귀가 영묘사에 다다랐을 때 여왕은 불공을 드리는 중이었다. 지귀는 절 마당에 있는 탑 밑에 서서 여왕을 기다렸다. 따사로운 봄볕이 지귀의 몸에 내리쬐었다. 회복이 덜 된 몸으로 먼 길을 걸어온 지귀는 탑에 기대어 섰다 앉았고, 끝내는 땅에 드러누워 잠이 들고 말았다.

여왕이 불공을 마치고 절 마당에 내려서서 보니 탑 앞에 한 청년이 누워 있었다. 그 청년이 지귀임을 곧 알 수 있었다.

가까이 가보니 깊이 잠들어 있는 게 아닌가. 마냥 기다릴 수도, 흔들어 깨울 수도 없는 노릇이었다. 이것도 다 운명이라고 생각한 여왕은 손목에 차고 있던 팔찌를 지귀의 가슴에 얹어주고는 궁궐로 가는 가마에 몸을 실었다.

얼마나 시간이 흘렀을까. 선뜩한 밤기운이 느껴져 눈을 뜬 지귀는 가슴에 얹혀 있는 팔찌를 보았다. 그 순간, 자신이 잠든 사이에 무슨 일이 일어났는지 알아차릴 수 있었다. 여왕이 정표만 하나 남겨둔 채 영원히 눈앞에서 사라진 것이었다.

그렇게도 바라던 여왕의 얼굴을 보지 못하고, 그렇게도 듣고 싶던 여왕의 목소리를 듣지 못하다니……. 하늘이 내려준 기회였는데…….

팔찌를 드니 사모의 정이 더욱 불타올랐다. 그 바람에 지귀의 몸이 활활 타올라 그만 불귀신이 되고 말았다.

이 이야기는 고려 초기의 승려인 일연의 『삼국유사』와 조선 전기의 문신 권문해의 『대동운부군옥』에 전해 내려오고 있다.

16세기 권문해가 편찬한
『대동운부군옥』에 실린 심화요탑 이야기

불귀를 위하여
― 지귀의 말

이승하

님을 생각하기만 하면
양 볼이 취한 듯 달아오르는 것을
전들 어떻게 할 수가 없습니다
가슴 점점 뜨겁게 달아올라
이 더러운 몸이, 목숨이
끝내는 불붙고 싶은 것을
전들 어떻게 할 수가 없습니다

님이 주고 가신 금팔찌를 품고서
타올라 타올라 재가 되고픈 이 심정을
전들 어떻게 할 수가 없습니다
어찌 미치지 않고
불바다를 이룬 이 눈부신 세상을
꼬박꼬박 밥 챙겨 먹으며 살아갈 수 있겠습니까
어둠을 향해 짖던 기나긴 밤 수백의 나날
복더위 땡볕 속 그을린 개처럼
시커멓게 타버린 이 가슴에 님아,
기름을 부어주십시오
그냥 한 사발의 기름을.

간절한 바람은
사랑을 이룬다

원효대사와 요석공주

이광수 장편소설 『원효대사』

무열왕의 둘째 딸 요석공주는 우리 옛 문자인 이두(吏讀)를 완성시킨 설총의 어머니이다. 이두란 한자의 음과 뜻을 빌려 우리말을 적던 표기법으로, 이두 덕분에 우리 조상은 한글 창제 이전에 한문이 아닌 우리 문자를 쓸 수 있었다. 설총의 아버지는 결혼을 할 수 없는 신분이었던 승려 원효이다. 승려가 신라 임금의 사위가 되었다니 놀라운 일이다. 신라 여인의 사랑에 대한 집념이 당시 사회의 통념을 깨뜨린 것이다. 원효는 파계를 참회하는 과정에서 법성종이라는 종파를 열었으므로 요석공주는 신라시대에 종교 전파와 학문 정립에 산파 역할을 한 사람이다. 사랑은 세상을 바꿀 수 있다는 예를 그녀는 어떻게 해서 보여주게 된 것일까.

화랑의 길을 걷던 신라의 청년 서당은 서른두 살 되던 해(648년)에 황룡사로 들어가 승려가 된다. 태어나자마자 어머니를 여읜 그로서는 목숨을 갖고 있는 것들에 대한 연민의 정이 남달랐다. 그래서 사냥도 전쟁도 생리에 맞지 않아 괴로워하다가 불교에 심취하여 뒤늦게 머리를 깎은 뒤 이름도 원효로 바꾸게 된다.

원효는 고승을 찾아다니며 불도를 열심히 닦는다. 더 많은 것을 배우려 의상과 함께 당나라로 가려다 '해골 속의 물'을 마시고 깨달음을 얻어 유학을 포기한 것은 유명한 이야기다. 그는 그 길로 불경에 대한 연구를 하여 『화엄경소』라는 책을 쓰고, 부처의 말씀을 담은 중국 책 『금강삼매경』을 다섯 권으로 쉽게 풀어 쓰는 일도 한다. 한문 실력과 불교 경전에 대한 해석력에서 일가를 이룬 원효에 대한 소문은 무열왕의 귀에도 들어간다.

무열왕은 원효를 불러 이야기를 들어본 뒤 그의 높은 인품과 실력에 감복하여 국가적인 행사가 있을 때면 꼭 원효를 초청했고 때때로 궁궐로 불러들여 강론도 듣는다. 백제와의 전쟁에서 남편을 잃은 요석공주는 원효를 때로는 아주 가까운 곳에서 때로는 먼발치에서 보게 되면서 날이 갈수록 사모의 정을 더욱 크게 느끼게 되었다.

'저분은 스님이시다. 평생 결혼을 하지 않을 결심을 하고 출가하신 저분을 내가 사모하면 안 되지.'

그러나 아무리 다짐해도 원효가 불도 닦는 승려가 아니라 학식 높고 뛰어난 인품을 지닌 남자로 자꾸 생각되니 이를 어쩌란 말인가. 결국 요석공주는 그리움이 사무쳐 병이 날 지경이 되었다.

요석공주는 용기를 내어 원효에게 모란꽃과 승려복을 선물했다. 원효는 공주의 마음을 알아차렸지만 아무 말도 하지 않았다. 공주는 고민 끝에 자신의 이런 간절한 연모의 마음을 아버지 무열왕에게 아뢰었다.

"아바마마, 오르지 못할 나무는 쳐다보지도 말라고 했는데, 제 눈에는 나무밖에 보이질 않으니 이 일을 어쩌면 좋겠습니까. 이렇게 사느니 차라리 죽는 것이 좋을 듯하옵니다."

원효 역시 시간이 흐름에 따라 공주의 아름다운 모습에 자꾸만 눈길이 가는 것이었다. 하지만 자신은 승려였고 상대방은 공주였다. 두 사람이 서로 사랑한다 해도 두 사람의 사랑이 이루어지기에는 많은 제약이 따를 것이 분명한 일이었다. 원효는 답답한 마음에 다음과 같은 노래를 지어 부르며 거리를 돌아다녔다.

"누가 자루 없는 도끼를 주려나. 난 하늘 받칠 기둥을 찍어내려네."

사람들은 원효가 거리에서 부르는 이 노래가 무엇을 뜻하는지 몰랐지만 무열왕은 원효에 대한 소문을 듣고는 그 뜻을 금세 알아차렸다.

'마침내 내 자식이 대사의 마음을 움직였구나. 대사도 귀부인을 얻어 훌륭한 아들을 낳고 싶다니 혼인을 시키도록 해야겠군. 그런데 대사가 내 딸과 결혼하려고 과연 승복까지 벗을까?'

무열왕은 어느 날 신하를 시켜 원효를 요석궁으로 인도해 들이는 계획을 은밀히 지령한다.

신하는 어명을 받들어 원효를 찾아다니다 문천교라는 다리를 지나고 있는 원효와 맞닥뜨렸다. 원효는 이미 신하가 자신을 찾기 위해 여기저기 수소문하고 다닌다는 것을 알고 있었다. 신하의 모습이 먼 곳에서 보이자 짐짓 발을 헛디딘 체하며 문천교 아래 냇물에 풍덩 빠졌다. 허우적거리는 원효를 건져낸 신하는 가마에 태워 곧장 대궐이 아닌 요석궁으로 달려갔다.

물에 빠진 생쥐 꼴이 되어 온 원효의 젖은 옷을 갈아입힌 요석공주는 단 며칠이었지만 꿈같은 시간을 보낸다. 원효와 공주와의 사이에서 설총이 태어난 것은 655년에서 660년 사이, 원효의 나이 39세에서 44세 사이에 일어난 일로 추정된다.

두 사람의 사랑은 임금이 허락한 일이니 승려라는 신분만 아니었다면 크게 욕될 것이 없었다. 하지만 원효는 부처님 앞에 다시 서기가 참으로 부끄러웠다.

한밤중에 요석궁을 몰래 빠져나온 원효는 그 이후 참회의 뜻에서 승복을 벗고 일반 천민들이 입는 옷으로 바꿔 입었다. 이름도 소성거사로 바꾸고 자신의 신분을 숨긴 채 부랑자 집단에 들어가 그들과 함께 전국을 떠돌며 동냥을 하였다. 각설이 타령 비슷한 <무애가>를 만들어 불렀다. 그가 바가지를 들고 추는 춤은 <무애무>라는 전통춤이 되었다.

그 당시 당나라에 유학한 스님들이 경전을 위주로 불교의 진리를 연구하는 종파인 교종을 전파해 귀족의 환영을 받았다. 이에 반해 원효는 거지들이나 노인네들, 시장 상인들, 철없는 아이들, 마을의 부녀자들을 노래와 춤으로 불러모은 뒤 이전보다 더욱 열심히 불교를 전하였다. 원효가 퍼뜨린 법성종은 한문을 모르는 사람이라도 "나무아미타불 관세음보살" 하며 염불을 정성으로 하면 극락세계로 갈 수 있다는 민중불교로서, 원효의 노력으로 신라인 가운데 열 명 중 팔구 명이 불교를 믿게 되었다.

신라의 대학자 설총의 표준 영정

광대를 찾아서 5

이승하

파계하였소 내겐 이제
뇌성벽력의 들판을 가로질러
이승과 저승이 갈리는 강까지 가서
저 너울처럼 덩실덩실 두둥실
춤추는 일밖에 남지 않았소

승복을 벗고 목탁도 버리고
저 자라고 싶은 대로 놔둔
머리카락과 수염 어느새 백발
쪽박 찬 저 거지들보다 내가
나은 것이 도대체 무엇이겠소
공양을 받으며 만인을 내려다보며
내 두드린 목탁은 순 거짓이었소

첩첩 산골 암자에서 구한 것들이
저 저잣거리 사람 사는 마을의 장터에서
다 팔고 있었소 불佛은 무엇이며
법法과 승僧은 또 무엇이겠소
나 이제 저 사람들 앞에서
가진 그대로 있는 그대로

노래하고 춤추려 하오

두 소매 휘두르며 번뇌를 내몰고
껑충껑충 뛰며 경계를 넘어서
온 세상 떠돌아다니며 노는 광대처럼
나 이제부터 자유롭게 살려고 하오
우리 누구나 밥그릇 들고 살다
밥그릇 놓으면 생도 그만인 것을

나 이참에 끊을 것 죄다 끊고
아무 거리낌 없이 노래하고 춤추며
사람으로 살려고 하오…… 요석공주여.

조선인 혁명가를 사랑한
일본 여성

박열과 가네코 후미코

독립운동가 박열(朴烈)은 1902년에 경북 문경에서 태어났다. 함창보통학교를 졸업한 뒤 경성제2고등보통학교에 입학했으나 3·1운동에 참가하여 어린 나이에 퇴학을 당했다. 그는 청운의 꿈을 품고 일본에 건너가 일본 세이소쿠(正則) 영어학교에 다니며 신학문을 공부하였다. 같은 학교에 다니던 한 살 연하의 일본인 처녀 가네코 후미코(金子文子)가 조선인 유학생을 사랑하여 따라다니게 되면서 두 사람의 인생에 큰 소용돌이가 일게 된다. 문제는 박열이 평범한 유학생이 아니라 세상의 전복을 꿈꾼 혁명가였기에 22년 2개월 동안 일본의 교도소에서 보내게 되고 23세의 처녀는 의문의 최후를 맞이하게 된다.

박열은 1921년, 김판국조봉암 등과 더불어 사회주의운동에 참여했지만 곧 이들과 결별하고 스스로 무정부주의자들을 규합, 비밀 결사단체 '흑도회(黑濤會)'와 '불령사(不逞社)'를 조직하였다. 조직의 목표는 일왕(일본인들은 그를 천황이라고 부른다) 암살이었다. 1923년 10월에 치러질 예정이었던 일본 왕

법정에서 태연히 포옹하고 있는 박열과 후미코 부부

세자 히로히토의 결혼식 때 왕과 왕자를 죽이기 위해 폭탄 입수를 계획한다.

박열은 동지 김중한을 상하이에 밀파해 폭탄 반입을 추진하던 중 1923년 9월 11일 '모종의 일을 꾸미는 수상한 조선인'(不逞鮮人)이라는 혐의를 받고 검거된다. 마침 관동대지진의 여파로 흉흉해진 민심을 수습하기 위해 일본 당국은 박열 일당의 일왕 암살 모의 사건을 '모의'가 아니라 실행 단계였다고 언론에 대대적으로 선전한다.

세상에 태어나 21년 6개월밖에 살지 못한 한 일본인 여성이 있다. 그녀의 삶은 짧았으나 참으로 비극적인 생애였다.

세상에 태어난 지 18년 8개월쯤 되던 날이었다. 그녀는 조선인 박열이 주동한 '흑도회'의 일원으로서 일본 왕세자 암살을 기도한 죄로 검거되어 3년 가까이 재판을 받는다. 도쿄 대심원으로부터 사형판결을 받은 것은 1926년 3월

25일이었다. 일주일 뒤에 일왕의 특사로 무기징역으로 감형되지만 남편 박열과 헤어져 여성 전용 교도소로 이감되자 그해 7월 22일에 변사체로 발견된다.

교도소 측에서는 철창에 노끈을 매어 자살했다고 발표했지만 의문의 죽음이었다. 스무 살도 안 된 일본 여성이 천황제를 타도하려는 비밀결사조직인 흑도회의 리더 박열을 어찌하여 사랑하게 되었으며, 왜 꽃다운 나이에 죽음을 맞게 되었던 것일까.

박열과 가네코 후미코

전직 경찰관과 술집 여급 사이에 태어난 가네코는 처절할 정도로 불행한 성장기를 보낸다. 첩을 집에 데려오곤 하던 아버지가 이모와 사랑에 빠져 집을 나가버리자 집안은 완전히 파탄이 난다. 이번에는 어머니가 이 남자 저 남자를 집에 데려오기 시작한 것이다. 그 후 고모뻘 된다는 웬 할머니가 나타나 아홉 살이 된 가네코를 조선에 데려가는데, 양녀로 데려간다는 것은 새빨

간 거짓말이었고 혹독한 식모살이를 하게 되었다.

가네코는 조선에서 영하의 추운 날씨이건 뜨거운 한여름이건 밥도 제대로 얻어먹지 못한 채 온갖 궂은일을 하며 살아간다. 할머니 집을 도망쳐서 7년 만에 고국 일본으로 돌아가자 어머니는 딸을 창녀로 팔려고 한다. 바로 그 무렵, 어릴 때 집을 나간 이후 소식이 없다가 갑자기 나타난 아버지가 한 남자를 소개해주어 창녀로 팔려가는 대신 그 남자와 결혼하게 된다. 그런데 아버지가 소개해준 남자는 어머니의 남동생이었으니, 우리의 윤리 개념으로는 도저히 이해하지 못할 일들이다.

결혼 뒤 바로 소박맞은 가네코의 운명을 '기구하다'는 것 외에 다른 무엇으로 표현할 수 있으랴. 헌 가방 하나를 들고 도쿄로 간 가네코는 신문팔이를 하며 학비를 마련해 세이소쿠 영어학교에 들어간다. 가네코는 인쇄소 여직공, 가게 종업원, 파출부 같은 일을 하며 영어공부를 한다. 그러면서 헤겔과 니체의 책을 새벽 2시까지 읽으며 사상무장을 해나간다.

당시 사회주의 잡지를 즐겨 읽던 가네코 후미코는 1922년 2월, 같은 학교 정우영이 보여준 『청년조선』 교정쇄에서 박열이 지은 「개새끼」란 시를 읽고 전율을 느낀다.

나는 개새끼로소이다.
하늘을 보고 짖는
달을 보고 짖는
보잘것없는 나는
개새끼로소이다.
높은 양반의 가랑이에서
뜨거운 것이 쏟아져
내가 목욕을 할 때

나도 그의 다리에다
뜨거운 줄기를 뿜어대는
나는 개새끼로소이다.

이 과격한 저항시에 대한 감동의 여운이 채 가시기도 전에 가네코 후미코는 정우영의 하숙집에서 박열을 만난다. 그 무렵 박열은 반일 민족주의와 사회주의에 호감을 가지고 있었지만 러시아 혁명 이후 소수의 권력자가 인민의 자유를 억압하는 상황이 전개되자 실망한 나머지 무정부주의를 지향하고 있었다. 박열에게 첫눈에 반한 가네코는 박열이 두 달이나 나타나지 않자 그를 찾아 나서기까지 한다. 그 무렵 가네코가 박열에게 보낸 편지가 한 통 남아 있다.

지금까지 몇 번인가 선생님께 편지를 쓴 적이 있었습니다마는, 나를 어리석다 하실까봐 썼다가는 찢고 찢고는 다시 쓰고 하여 드디어 오늘에 이른 것이로소이다. 그러나 오직 선생님께만은 말씀드리오니 양해하여주실 줄 아오며, 또한 지구 위에서 내 과거의 생활을 얼마라도 정당하게 이해하고 비판하여주는 이가 있사오면 고맙겠나이다. 나는 지금 이 같은 생각으로 이 글을 쓰고 있나이다.

이어지는 편지 내용은 바로 그녀의 처절한 과거지사에 대한 고백이었다. 박열은 혁명가의 길을 걷기로 결심하고 자신의 품에 뛰어든 일본인 여성을 감싸 안는다. 두 사람은 동창생에서 동지이며 연인 사이로 바뀐 것이다. 박열과 동거생활을 시작한 가네코는 그래도 부모니까 알려야겠다는 생각으로 조선인 유학생과의 관계를 알린다. 그러자 아버지는 가계를 더럽혔다며 부모 자식 관계를 끊겠다는 편지를 보내온다.

관동대지진 때 조선인 6,661명을 학살한 일본은 국제적인 비난을 모면할 호기로 이 재판을 주목하고 '대역사건'이라고 대서특필한다. 하지만 물증 없이 오로지 흑도회 멤버의 자백으로만 재판을 끌어가게 되었기 때문에 두 사람을 가혹하게 대할 수 없었고, 오히려 특별대우를 해준다. 무기로 감형이 되었을 때 두 사람은 옥중에서 혼인신고서를 작성한다. 감옥에 갇혀 있어 결혼식도 올리지 못한 두 사람. 하지만 간수들의 묵인 아래 몇 시간 함께 있었는데 그만 아기가 생긴다. 교도소 당국의 직무유기에 쏟아진 거센 비난 여론은 담당판사를 사퇴케 하고, 내각까지 퇴진케 한다.

박열과 가네코는 서로 다른 교도소로 이감되고, 이감 후 3개월이 되지 않아 가네코의 사망 소식을 들은 박열은 오열한다. 교도소 당국은 가네코가 철창에 노끈을 매어 자살했다고 발표했지만, 어디에서도 자살 도구인 노끈이 발견되지 않았다. 교도소에서는 끝까지 그 이유에 대해 입을 다물었고, 그래서 가네코의 사인은 영구히 비밀로 남는다.

박열은 가네코의 기일이 오면 하루 온종일 먹지도 않은 채 가네코를 추모했다.

박열은 일본에서 장장 22년 2개월을 복무하고 일본이 패망함으로써 석방된다. 서울로 온 박열은 한국전쟁 때 납북되었지만 북한에서 항일투사로서 대접을 받으며 살다 1974년에 죽었다.

일본인 아내 가네코의 묘는 남편의 고향 근처인 경북 문경시 문경읍 팔령리에 있다. 두 사람의 사랑을 한국과 일본 모두가 인정해준 덕분이었다. 박열에게 1989년에 대한민국 건국훈장 국민장이 추서되었으니, 그는 남북한이 함께 인정한 진정한 항일투사였다. 2012년에 문경에 박열 의사 기념관이 세워졌고 2017년에 이준익 감독이 두 사람의 사랑 이야기를 토대로 영화 <박열>을 만들었다.

가네코 후미코의 유서*

이승하

이 욕된 범죄의 나라에서
나 일찍 버림받아 낯설고 물선 조선 땅으로
팔려갔지 식모살이로
돈 한 푼 안 받고 사시사철
빨래하고 나무하고 설거지하고 쓸고 닦고
7년 세월 동안 배운 조선말

그대의 시를 읽었지
개새끼들을 향해 개새끼라고 욕할 줄 아는 용기에 반했지
살아 있는 사람을 신으로 받드는 나라
신의 아들이 신이 되고 그 아들이 신이 되는 나라
모두가 신의 부하인 나라에서 그대는 이방인
아나키스트가 꿈꾸는 나라는 어떤 나라인가
테러리스트가 테러하고 싶은 나라는 어떤 나라인가

이 지구상에서 나를 인정해준 단 한 사람인 그대
박열
짧은 기간이었지만 같이 살아도 보았고
당신 아이를 임신도 해보았기에
나 아무런 여한이 없소

내 무덤 누가 만들어준다면
조선 땅 어디 그대 고향 경북 문경 어디
묻어주시오 나, 가네코 후미코란 사람이오.

• 죽기 전날 가네코 후미코가 박열에게 유서를 남겼다면 이렇게 쓰지 않았을까.

혈서로
고백한 사랑

김유정과 박녹주

　소설가 김유정은 1908년 강원도 춘성군 실레에서 2남 6녀의 막내로 태어났다. 집안은 넉넉했지만 일곱 살에 어머니를, 아홉 살에 아버지를 잃고 외롭게 성장기를 보냈다. 방탕한 형은 재산을 탕진했고, 누나들은 당시의 풍습대로 일찍 시집을 갔다. 늘 어머니 사진을 품고 다니던 유정은 연상의 여성에 대해서 원초적인 그리움을 품게 되었으니, 그것이 비극의 시초였다.

　연희전문 문과에 다니던 유정은 어느 날 목욕탕을 나서는 한 여인의 청초한 뒷모습을 보고 눈을 번쩍 뜨게 된다. 앞질러 가서 뒤를 흘끔 돌아보니 창백한 안색에 반듯한 용모, 꿈에 그리던 어머니 같은 여인이 아닌가. 그녀는 하필이면 두 살 연상의 판소리 명창 박녹주였다. 송만갑·유성준 등 당대 최고수 판소리 명창의 제자로서 그때 이미 콜롬비아레코드사와 전속계약을 맺고 있었고, 훗날 빅터·오케이·태평레코드사에서도 계속 음반이 나왔으니 그 명성이 하늘을 찌를 듯했다. 그녀는 1937년 송만갑·이동백 등과 창극좌를 만들어 활약했으며, 광복 후에는 여성국악동호회와 국극사를 조직해 초대 이사장으로 활동한 한국 판소리계의 대표적인 인물이다.

김유정

첫눈에 반한 유정은 그날 이후 심한 가슴앓이를 하게 된다. 사랑을 고백하는 가장 고전적인 방법은 편지를 쓰는 것. 매일 밤마다 사랑하는 이를 향한 연모의 마음을 글로 옮기곤 하였다.

저는 연희전문에 다니는 김유정이라 합니다.
당신을 연모합니다.
이렇게 당돌하게 편지한 것을 용서해주옵소서.
제 연모의 정을 부디 받아주옵소서.

편지를 받고 박녹주는 무척이나 당황했다. 학생이라면 공부나 할 것이지 이 무슨 당돌한 짓인가. 편지를 다시 봉해서 유정의 하숙집으로 부쳤다. 그런데 그 편지는 다시 돌아오는 것이 아닌가. 이번에는 레코드판에서 뜯어낸 자신의 사진이 함께 들어 있었고, 사진 밑에 '당신을 연모합니다. 저의 사랑을 받아주옵소서—裕貞'이라고 적혀 있었다. 편지는 그 자리에서 갈가리 찢어졌다. 유정의 편지는 계속되었다.

오늘 당신의 목소리를 중앙방송에서 들었습니다.
당신의 목소리는 정말 훌륭합니다.
녹주, 당신을 연모합니다.
저의 사랑을 받아주시고 답장을 바라나이다.

이런 끈질긴 연애편지에 대해 역시 아무런 반응이 없자 유정은 첫눈에 반한 날의 기억을 담아 열흘 내리 편지를 보낸다.

당신을 처음 봤을 때가 기억납니다. 오후 한 시경, 수은동 목욕탕에서 당신은 손대야를 들고 나왔습니다. 화장 안 한 얼굴은 창백하였고 눈에는 수심이 가득 찼는데, 무표정한 낯으로 먼 하늘을 바라보았습니다. 흰 저고리에 흰 치마를 훑어 안고는 땅이라도 꺼질까 찬찬히 걸어오는 것이었습니다. 그 모습이 정말 아름다웠습니다. 내 마음속에 별처럼 남아 있는 것입니다.

유정의 편지가 하루가 멀다 하고 오자 녹주는 친구 원채옥에게 유정의 편지를 보여주었다. 채옥은 재미있어하며 행랑어멈을 시켜 유정을 오게 했다.
"학생은 오로지 공부에 전념해야지, 딴 생각을 해서 되겠습니까? 더구나 나는 기생의 몸, 학생 신분으로 가당키나 합니까?"
박녹주가 교복을 입고 온 유정을 조용히 타일렀다. 유정은 녹주의 눈을 뚫어져라 쳐다보며 힘있게 말했다.
"학생이 기생을 사랑하지 말라는 법이 있습니까? 사랑에는 국경도 없다

합니다."

박녹주가 여러 말로 타일러 보았지만 유정은 이미 사랑에 눈이 멀어 있었다.

박녹주

편지를 아무리 해도 답장이 없자 유정은 어느 날, 녹주의 집을 찾아가 대성통곡을 했다. 이를 보다 못한 녹주의 동생 태술이 유정을 달래어 자신의 방으로 데리고 들어갔다. 그날로 태술과 친해진 유정은 친구를 만나러 간다는 핑계로 녹주의 집을 늘 찾아갔고, 태술을 통해 편지를 직접 전할 수 있게 되었다. 태술은 녹주에게 이렇게 말했다.

"누나, 불쌍해 죽겠어요. 누나의 목소리라도 좀 들을까 해서 저렇게 매일 찾아와요. 찾아와선 늘 울고 갑니다. 어린아이처럼 엉엉 울어요. 불쌍해서 못 보겠어요."

유정은 양단 치마저고리 한 감, 고급 신발, 장갑 등을 선물해보았지만 녹주의 마음을 움직이지는 못하였다. 어느 날인가 편지 끝에는 "녹주 내 너를 사랑한다"란 글씨가 혈서로 적혀 있는 것이었다. 하지만 녹주의 마음은 요지부동이었다.

가슴에 큰 상처를 입어 학교도 그만두고 낙향한 유정은 '금병의숙'을 열어 아이들을 가르치면서 문학에 전념하는 것으로 사랑의 아픔을 잊으려 했다.

유정의 소설은 1935년 조선일보 신춘문예에 「소낙비」(원제목은 '따라지 목숨')가, 같은 해 조선중앙일보에 「노다지」가 당선되어 문단에 나왔다. 등단 후 불과 2년 동안 30여 편의 주옥같은 작품을 쓰지만 유정의 가슴앓이는 폐결핵과 늑막염으로 이어졌다. 나이 서른에 유정은 눈을 감았다.

친구 김문집은 "유정아, 총각귀신 유정아! 장가 한 번 못 보내고 하늘로 보낸 것이 무엇보다 분하구나" 하면서 장례식장이 떠나갈 듯 고래고래 소리를 질렀다.

해학적이고도 간결한 문체로 향토적 정서를 풀어낸 그의 작품들은, 어린 시절의 외로움과 이루지 못한 사랑의 아픔이 승화된 것이었다. 김유정이 '구인회' 동인으로 생시에 절친했던 이상도 같은 나이에 폐결핵으로 죽었다.

김유정과 이상이 죽기 전에 먹고 싶었던 것

이승하

폐결핵에 걸리면 사형수가 되는 것
피를 토하며 죽어가야 했던 것

다 죽어가면서도 펜을 잡고서
김유정, "닭과 구렁이를 고아먹어야겠다."
이상, "레몬을 구해다 다오."

이빨로 대충 씹어 꿀꺽 삼키면
식도를 타고 내려가는 것
그대들 그토록 먹고 싶어 했건만
못 먹었다 못 구했다
죽기 전에 먹고 싶었던 것
먹지 못하고 죽어서 목이 메는 절명이다 단명이다

돌아가신 어머니가 가끔 해주신
콩죽이 오늘따라 사무치게 먹고 싶다
아내가 해놓으면 식구들 중
나 혼자만 퉁퉁 불어터질 때까지 먹는
콩죽

나 죽기 전에 딱 한 번만
어머니가 해주신 바로 그 콩죽의 맛
보고 싶다 구수한 콩죽 먹으며
스르르 잠들고 싶다 영원한 잠, 편안한 잠을

"목마르다"
마침 눈앞에 신 포도주가 가득 담긴 그릇
사람들이 그 포도주 해면에 듬뿍 적셔서
히솝 풀대에 꿰어갖고 예수의 입에 대어 드렸다
예수는 신 포도주를 맛본 다음 이렇게 말했다
"이제 다 이루었다"
태양이 빛나고 있었다

대장장이 춘다가 붓다 일행이 당도하자 공양을 청했다
굶다시피 하며 온 일행에게 춘다는 기운을 차리라고
돼지를 잡아 만든 기름진 음식을 올렸다
육식이라고 거절하면 허기진 제자들을 굶기는 것일 테고……
"잘 먹겠소이다"
그날부터 붓다는 계속 설사했고 마침내 입적의 순간을 맞는다
"육신은 언젠가 다 소멸한다. 방심하지 말고 노력하여라"

먹장구름이 몰려오고 있었다

먹고사는 것보다 더 힘든 것이 있으랴
구걸을 해서라도 먹어야 사는 법
돌아서면 입은 배고프다 소리치고
위장은 꼬르륵 신음소리 낸다

시는 배가 고파야 나오는 것이거늘
나 삼시세끼 꼬박꼬박 먹으며, 배부르게 먹으며…… 시는 무슨……

존경심을
가득 담아 바치는 선물

조만식과 전선애

조만식 선생의 생전 마지막 모습

고당 조만식 선생은 일제강점기 시절 오산학교 교장, 3·1운동 민족대표, 조선물산장려회 조직, 민립대학기성회(民立大學期成會) 조직, 신간회 결성 등을 통해 민족운동의 외길을 걸은 독립운동가이다. 강제징병 협조를 요청하러 온 이타가치 사령관의 면담 요청을 거절해 구금된 일은 선생의 올곧은 정신을 잘 말해주는 사례이다. 해방 후 이북에서 조선민주당을 창당하고 신탁통치를 반대하는 운동을 전개하다 1946년 1월 5일, 평양 고려호텔에 연금된 선생은 평양형무소에 수감되었고, 한국전쟁 때 총살되었다.

선생이 개성에 있는 호수돈여학교 음악 교사 전선애를 만난 것은 56세 때였다. 상처한 아내와의 사이에 스물여덟 살 난 딸을 비롯해 네 명의 자식을 둔 조만식 선생은 그때 이미 할아버지였고, 전선애는 서른넷 미혼이었다. 민족계몽운동에 여념이 없는 조만식 선생과 여선생의 중매를 선 것은 전선애가 나가던 교회의 박학전 목사였다.

호수돈여학교의 여교장 다이어 선교사는 전선애 선생의 월급 인상을 미국 재단에 건의할 만큼 총애하였다. 그런 전선애 선생이 혼인을 하고 학교를 그만두겠다고 하자 펄쩍 뛰었다.

"혼인할 사람의 나이는 얼마나 되지요?"

"많은 편입니다."

"키는 큽니까?"

"그리 크지 않습니다."

"그 사람 혹시 딸린 자식은 없습니까?"

"네 명이 있다고 합니다."

"돈은 좀 있는 사람입니까?"

"아뇨, 전혀 없는 것으로 압니다."

다이어는 마침내 호통을 쳤다.

"전 선생, 지금 제정신인 겁니까? 그 혼인 당장 취소한다고 하세요!"

전선애의 결혼에 대해 집안의 반대도 심했다. 하지만 전선애가 고집을 굽히지 않은 이유는 단 하나, 평소 존경하던 선생님과 함께 살아갈 수 있다는 것이었다. 박학전 목사를 통해 이야기만 듣다가 두 사람이 처음 만난 것은 서울 천향원에서의 약혼식 때였다. 약혼 뒤 편지를 통해 서로 마음을 전하다가 1937년 1월 8일, 같은 장소에서 결혼식을 올렸다. 감리교 양주삼 감독이 주례를 맡았고, 안창호와 윤치호가 축사를 했다.

조선일보 1970년 3월 26일자에 실린 조만식 가족 돕기 운동 기사

평양 교외에 신혼살림을 차렸으나 가재도구라고는 옷가지 담을 서랍 궤짝 몇 개가 전부였다. 가난한 살림을 꾸려가면서 아내는 정성껏 옷을 만들어 남편에게 사랑과 존경의 마음을 담아 전했고, 남편은 채소를 열심히 가꿔 고

마운 아내에게 주었다.

조만식 선생은 평생 양복을 입지 않았다. 선생이 입은 두루마기는 옷고름이 없는 대신 단추를 달았고, 길이는 무릎이 드러날 정도로 짧은 것이었다. 봄가을에는 회색 물감을 들였고, 겨울에는 검정 물감을 들였다. 여름에는 베로 만든 두루마기를 입었다. 바지는 통을 좁혀서 입고 다니기에 편하게 만들었다. 조만식 선생은 아내 덕에 개량 한복의 선구자가 된 셈이다. 전선애는 이때 닦은 바느질 솜씨로 1948년 월남한 이후 삯바느질로 생계를 꾸려갔다.

일가는 평양에서 70리 떨어진 선생의 고향 강서에 가서 살게 되었는데 집 앞이 커다란 타작마당이었다. 선생은 그 마당을 일궈 호박, 오이, 고추, 상추, 고구마, 옥수수 등을 심었다. 이재에 어두웠던 선생으로서는 탐스럽게 익은 채소를 따 아내에게 건네면서 자신의 사랑을 전하곤 했다. 밭에서 기른 것 중 오이는 초여름부터 따기 시작해 제철이 지나도록 맛있게 먹었다고 한다. 그러나 선생의 농사꾼 시절은 1년을 넘기지 못한다.

해방이 되자 세상은 조만식 선생을 향리에 은거해 있게 하지 않는다. 오윤선 장로 등이 차를 두 차례나 보내 평양행을 독촉한 것이다. 건국준비위원회 구성 이후 조선민주당의 창당과 신탁통치 반대운동은 공산당으로서 용납할 수 없는 일이었다. 전선애는 2주에 한 번씩 고려호텔 좁은 방에 연금된 남편을 면회하러 70리 길을 걸어갔다 눈물을 흘리며 돌아오곤 했다. 9년간의 꿈같은 결혼생활이 하루아침에 끝나버린 것이었다.

하루는 면회를 끝내고 나오려는 전선애에게 선생이 봉투 하나를 건넨다. 열어보니 머리카락 한 움큼이 들어 있었다. 정표로 준 선물이 머리카락이었으니 선생은 그때 죽음을 예감하고 있었던 것이다. 전선애는 하염없이 울면서 떨어지지 않는 발걸음으로 남편을 두고 집으로 돌아왔다.

1947년 2월 말 갑자기 면회가 금지되었다. 다른 곳으로 옮겨갔다는 말 이외의 것을 들을 수 없던 전선애는 1948년 동짓달 중순의 추위 속에 삼팔선을 넘는다. 그녀의 품속에는 생사를 알 수 없는 남편의 머리카락이 들어 있었다.

1991년 11월 5일 서울 동작동 국립현충원에서 열린 '고당 선생 추모 안장식' 때 시신 대신 바로 이 머리카락이 안장되었다.

전선애 여사는 2000년 3월 29일, 향년 96세로 타계하였다. 호수돈여고와 이화여전 음악과를 졸업한 전 여사는 배화여고와 평북 영변의 숭덕학교 등에서 교편을 잡다 1937년 조만식 선생과 결혼했다. 여사는 1948년 고당 선생이 소련 군인들에 의해 연금된 후 선생의 뜻에 따라 세 자녀를 데리고 월남했다. 여사는 국립현충원의 고당 선생 묘소에 합장되었다.

기억나는 것들*

이승하

그대의 품이 넓었는지 어땠는지
기억나지 않소
기나긴 동짓달 밤 무슨 얘길 나눴는지
기억나지 않소
20년이 넘는 나이 차를 두고
사람들이 무슨 말을 했는지
기억나지 않소

그대 옷의 기장이 얼마였는지
기억이 나오
그대가 뽑아온 상추의 맛
기억이 나오
50년이 넘게 혼자 살아도
그대의 해맑은 그 웃음소리
기억이 나오
내 귀에 지금도 쟁쟁하오

• 전선애 여사가 생의 말년에 북녘 하늘을 우러러보며 이런 생각을 하지 않았을까.

그 사랑으로 인해
내 인생은 달라졌다

나혜석과 세 남자

나혜석

남편 이외의 사람을 잠시 사랑했다는 이유로 촉망받던 천재 화가에서 생의 나락으로 떨어져 행려병자로 죽은 나혜석. 그녀가 남긴 글 가운데 이런 대목이 있다.

나는 결코 남편을 속이고 다른 남자를 사랑하려고 한 것이 아니었나이다. 오히려 남편에게 정이 두터워지리라고 믿었소이다. 구미(歐美) 일반 남녀 부부 사이에 이러한 공공연한 비밀이 있는 것을 보고……. 가장 진보된 사람에게 마땅히 있어야 할 감정이라고 생각합니다.

오늘날의 관점에서 보면 아무렇지도 않을 한때의 외도. 남편에 대한 사랑이 변치 않은 상태에서 자신의 감정에 충실하고자 했던 나혜석을 어찌 비난할 수 있으랴.

그녀는 한국 최초의 여성 서양화가이다. 한말에 군수를 지낸 수원 '나부잣집'의 딸로 태어난 혜석은 진명여학교를 나온 뒤 일본으로 가 도쿄 여자미술전문학교를 졸업하였다. 귀국 후 3·1운동 때 옥고를 치른 뒤 1921년에 경성일보사의 내청각에서 유화 개인전을 열었다. 일제강점기 때 조선미술전람회에서는 한 번의 특선과 네 번의 입선을 했고, 최고 권위를 갖고 있던 제국미술원전람회에서도 입선했으니 '최초'와 '최고'의 영예를 동시에 누린 화가였다.

또한 도쿄 유학생 동인지 『학지광』에 여권 옹호론인 「이상적 부인」을 발표한 이래 많은 진보적인 논설을 발표한 선각자였고, 도쿄 여성 유학생 단체인 '조선여자친목회'를 만들어 동인지 『여자계』도 창간하였다. 『폐허』지에 시와 소설도 여러 편 발표하였다.

그러나 그녀의 말년은 비참함을 넘어 처참하였다. 정신장애와 반신불수의 고통 속에서 서울 원효로 자혜병원 무연고자 병동에서 50대 초반의 나이로 홀로 눈을 감았다. 행방불명이 된 지 10년 만에 행려병자가 되어 죽은 것은 남편 이외의 남자를 사랑했다는 단 하나의 이유 때문이었다.

1934년 동아일보 기사. 나혜석은 최린에게 위자료를 청구했다.

나혜석에게는 일본 유학 시절 사랑한 사람이 있었다. 시인 최승구 (1892~1917)는 폐병으로 죽었으므로 첫사랑이 흔히 그러하듯 이루어지지 못하고 끝나고 만다. 유학 도중 방학이 되어 들른 서울 집에 오빠의 친구 한 사람이 놀러와 혜석을 보고는 첫눈에 반해버린다. 그는 상처한 지 2년이 되는 변호사 김우영이었다. 그와 결혼한 다음에 남편의 도움으로 최초의 서양화 전시회를 연 이후 혜석은 화가와 문인으로 이름을 날렸다.

1927년에는 일본 정부의 외교관 신분이었던 남편과 함께 유럽 여행을 떠났다. 이는 그 당시 친일파 무리가 호의호식하고 살아갔음을 증명하는 사례일 텐데, 아무튼 파리에 도착했을 때 나혜석은 남편에게 간청한다. 세계 화단을 야수파 화가들이 휩쓸고 있다면서 여행을 한동안 중단하고 여기서 야수파의 화법을 배우고 가겠다고 한 것이다. 그래서 혜석은 파리에서 약 8개월간 머물면서 야수파 계열의 화가 비시에르의 화실에 다니게 된다. 그가 지도하는 미술연구소에서 나혜석은 <자화상>, <스페인 해수욕장>, <불란서 마을 풍경> 등 야수파 화풍의 그림을 그린다.

그런데 비극은 바로 이 시기에 시작된다. 남편은 법 공부를 하겠다면서 독일에 가서 체류하고 있었는데 파리에 와 있던 최린과 나혜석이 그 사이에 염문을 뿌린 것이다.

최린은 3.1운동 때 민족대표의 한 사람으로서 천도교 지도자이기도 했다. 그는 1926년 9월부터 1928년 3월까지 아일랜드 등 구미 30여 개 나라를 유람하고 돌아와 천도교 지도자(도령)가 되는데, 마침 파리에 들렀을 때 나혜석을 만난다.

혜석은 평소 존경하던 분을 만나 반가운 마음에 파리의 유명한 식당과 극장을 안내하면서 객수를 달래주었다. 시내 관광도 같이 하고 뱃놀이도 즐기며 사모의 정을 느끼지만 두 사람의 관계는 그 정도에서 끝난 것 같다.

나혜석이 최린을 한때나마 사랑한 것은 사실이었다. 혜석은 그것을 부정하지 않았으며, 김우영은 무릎 꿇고 빌지 않는 아내를 용서할 수 없었다. 이혼 서류에 도장을 찍지 않으면 간통죄로 고소하겠다는 김우영의 주장에 혜석은 자신을 보호할 아무런 방도가 없었다.

이혼은 혜석에게서 4남매만 빼앗아간 것이 아니었다. 그 동안 쌓아올린 모든 사회적 명성을 하루아침에 앗아가 버렸다. 모든 언론은 나혜석을 비난했고 단 한 사람도 혜석의 편에 서지 않았다. 최린은 사랑도 부정하였고 나혜석의 도움 요청도 거절하였다.

나혜석은 홀로 일어섰다. 『삼천리』에 「이혼고백서」라는 장문의 글을 발표한 것이다. 여성을 남성의 부속물 내지 전유물로밖에 취급하지 않는 당시 사회의 통념과 관습에 대한 항변은 「우애 결혼, 실험 결혼」으로 이어졌다. 일종의 의식 혁명이었다. 그러나 동조하는 사람이 없었으므로 그녀는 절망할 수밖에 없었다.

나혜석은 사회의 냉대로 문밖출입도 자유롭게 할 수 없게 되어 여러 사찰과 암자를 전전하며 살아가다 죽었다. 서울 자혜병원 무연고자 병동에서 발견된 한 구의 시체, 바로 나혜석 최후의 모습이었다.

행려병자의 노래

이승하

그대 위하여 나 집을 지었지
비바람과 땡볕 가려주는 집
폭풍우 속에서도 창만 닫으면
견고한 하나의 성채
안식할 수 있는 안방과
일용할 양식이 있는 부엌

하지만 나는 떠난다 또 다른 생을 위하여
불 켜진 집의 아늑함을 버리고
아녀자의 젖은 손을 버리고
전율을 찾아서
기대를 배반하는 새로운 충격을 느껴보려
이 집에서의 모든 기억을 버리기로 마음먹는다

나를 위하는 나는
이 집을 떠난다 날개를 편 저 새들처럼
태양을 향해 날아오르는 거다
대양을 향해 끼룩끼룩 우는 거다
숲의 향기를, 바다 냄새를 맡지 못하고 나는
창을 닫으며 살아왔다 불을 지키며 살아왔다

나 이제 그대들을 떠난다
남편이여 애인이여 자식들이여
떠남으로써 다시 시작하려는
이 아내의, 여인의, 에미의 반란을
용서하여라 그리고 원망하여라
낮은 천장 보며 죽느니 나, 하늘 보며 죽으리.

그대를 사랑할 수 있어
행복했습니다

백석과 자야

자야와 백석

밤이 깊었습니다. 병실의 밤이 고즈넉합니다.

백석! 그대 이름을 또다시 불러봅니다. 세상은 저를 '백석의 애인 자야'라고 부릅니다. 제 나이 어느덧 여든셋, 이번에는 걸어서 퇴원하지 못할 것 같습니다. 깊어가는 이 밤에 그대와의 추억을 더듬어봅니다.

제가 그대를 처음 만난 것은 1936년 가을, 함흥에서였지요. 저는 그때 스물 두 살 꽃다운 나이였고 그대는 스물여섯 한창때였습니다.

그대는 시집 『사슴』을 낸 그해, 조선일보사 기자직을 그만두고 함경남도 함흥시의 영생고보 영어교사로 와 있었습니다. 그대는 평북 정주군 갈산면 익성동에서 난 촌사람인데 2년여 서울 생활에 지쳐 있었던 것 같습니다.

영생고보에 있던 문학평론가 백철 씨가 같이 있자며 불렀고, 에라 머리나 식히자고 함흥으로 왔던 것이지요. 일본 청산학원 영문과를 우등으로 나온 실력에 서울서 시집을 낸 유명한 시인이라 영생고보에서 아주 인기 있는 선생님이었습니다.

저는 서울 관철동에서 태어나 일찍 부친을 여의고 할머니와 홀어머니 슬하에서 자랐습니다. 금광을 한다는 친척에게 속아 집안이 망하자 1932년 조선권번(朝鮮券番)에 들어가 기생이 되었습니다. 한국 정악계의 대부였던 금하 하규일 선생의 지도를 받아 여창 가곡과 궁중무 등 가무의 명인으로 성장했지요.

1935년 조선어학회 회원이던 신윤국 선생의 후원으로 일본에 가서 공부도 할 수 있었습니다. 그러던 중 신 선생이 조선어학회 사건으로 함흥형무소에 투옥되자 면회차 귀국하여 함흥에 잠시 머물러 있었습니다.

처음 만난 자리에서 저를 옆에 와서 앉으라고 한 그대는 술잔을 꼭 제게 만 권하면서 관심을 보였지요. 자리가 파해 헤어지면서 "오늘부터 당신은 내 마누라요"라고 말했지만 그 말이 진심이라고 어찌 생각했겠습니까.

그날 이후 그대는 제가 사는 하숙집에 수시로 찾아왔습니다. 그때마다 만주에 가서 함께 살자고 하셨지요. 그 말씀 또한 진심임을 그때는 알 도리가 없었습니다. 제 손목을 들여다보며 "어이구, 요런 손목을 하고 바람 찬 만주

땅에 어찌 가서 살겠나" 하셨지요.

저는 기생이었기에 그대의 '숨겨 놓은 애인'이 될 수는 있을지언정 아내는 될 수 없었습니다. 우리의 운명은 여기서 이미 결정이 나 있었던 게지요.

그대는 제가 선물한 『당시선집』에 나오는 이백의 「자야오가(子夜吳歌)」를 읽고 저를 '자야'라고 부르기 시작했고, 그때부터 저의 본명 김영한은 사라지고 그대의 자야로 다시 태어나게 되었습니다.

그때 서울에서 사시던 그대의 부모님은 장가를 가라고 성화셨습니다. 쉰이 넘은 어머니가 손자를 보고 싶다고 조바심을 내셨고, 친척들도 집안의 장남이 객지를 떠도는 모습이 보기에 안 좋다며 가정을 꾸려 안정을 취하라고 번갈아가며 충고했습니다.

저 역시도 속마음은 그렇지 않았지만 좋은 배필을 만나야지 기생 치마폭을 잡고 있으면 되겠느냐고 성혼을 부추기곤 했습니다.

그 이듬해 그대는 집에 다녀오셨지요. 선을 보러 간 게 아니라 아예 혼례를 치르러 가신 것입니다. 혼례를 치른 뒤 사흘 만에 달아나듯이 집을 나와 함흥으로 온 것이었습니다. 저는 물러날 때가 되었음을 알고 보따리를 싸서 서울로 왔습니다.

1937년 4월에는 그대에게 충격적인 일이 벌어졌습니다. 4월 7일에 그대가 그리워하며 결혼상대로 마음에 두고 있던 통영 출신 처녀 박경련이 결혼을 해버린 것입니다. 그것도 그대와 가장 가까운 친구였던 신현중이란 분과. 그 소식을 들은 직후에 한 그대의 결혼은 거의 홧김에 한 것이 아닌가 여겨지는데, 이런저런 상처를 저한테 와서 달래곤 했던 것 같습니다.

박경련과 신현중

그대는 이화고녀를 다니던 박경련을 보고 한눈에 반했지만 여자 집의 반대로 결혼은 무산되었습니다. 박 씨가 그대의 친구이자 조선일보 동료 기자였던 신현중과 결혼하자 충격을 받고 함흥으로 달아나듯이 온 게 맞을 겁니다. 박 씨를 만나기 위해 무작정 통영을 찾았던 기억은 시 「통영」 등과 「남행시초」 연작으로 남았지요. 그대 마음은 박경련에게 가 있고 몸은 제게 와 있었던 거지요.

1938년 봄이었습니다. 저는 서울 청진동에다 작은 집을 구해 기예를 닦고 있었는데 웬 아이가 쪽지를 들고 찾아왔습니다.

몇 달 만에 이렇게 찾아온 사람을 허물하지 마시고 나 있는 데로 속히 와주시오.

그대를 향한 애타는 마음과 서운함 사이에서 고민을 하다가 속마음을 따르기로 하고 한달음에 달려갔지요. 제일은행 부근 오뎅집에서 그대를 보는 순간, 모든 원망은 눈 녹듯이 사라졌습니다. 그때 저는 평생 그대를 사랑하며 살아갈 운명임을 깨달았습니다. 밤차로 함흥으로 떠나는 그대를 배웅하면서 저는 어떤 상황이 닥칠지라도 그대를 평생 사랑하리라 굳게 결심했습니다.

얼마 뒤 영생고보 축구부 지도교사였던 그대는 전선(全鮮) 고보 축구대회에 참가하려고 선수들을 인솔해 서울로 다시 왔습니다. 와서는 선수들을 돌보지 않고 일주일 내내 저한테만 와 있던 것이 문제가 되어 영생여고보로 전보 발령이 납니다. 선수들이 유흥장에 간 것이 합동 단속 교사에 적발이 된 것입니다. 몇 달 뒤 그대는 사표를 써 우편으로 부치고는 다시 서울 생활을 시작합니다. 『여성』에서 편집을 하다가 조선일보사 기자를 다시 하셨습니다.

그대는 저와 청진동에다 아예 살림을 차렸습니다. 마당 한 뼘 없는 작은 한옥이었지만 안방과 건넌방, 그리고 쪽마루가 딸린 작은 방이 있는 우리의 단란한 보금자리였습니다. 그대의 시 「남신의주 유동 박시봉방」에 나오는 '아내와 같이 살던 집'은 바로 이 집을 가리키는 것이지요.

그대에게 넥타이를 선물했더니 보는 사람마다 좋다고 하더라며 저녁 때 들어와서 몇 번이고 넥타이 잘 고른 제 안목을 칭찬하던 그대의 자상함이 잊히지 않습니다. 저는 제 생애에서 그때만큼 밥 짓는 것이 즐거웠던 적이 없습니다. 그대는 고기보다는 나물 반찬을 좋아했지요.

그런 우리 사이를 또 한 번 흔들어놓는 일이 일어났습니다. 그대의 첫 부인은 아마도 크게 낙심한 채 친정으로 돌아갔을 것입니다. 저와의 살림살이를 알고 있던 그대 부모님께서 아들의 마음을 바로잡고자 새장가를 들이기로 했습니다.

1939년 6월이었지요. 그대는 충청도 진천으로 출장을 다녀오겠다고 했습니다. '아, 그쪽 사람과 혼인을 하러 가는구나.' 저는 그렇게 짐작했습니다. 부모님 말씀에는 절대적으로 복종해온 그대인지라 손자를 보고 싶어하는 부모님의 간청을 뿌리칠 수 없었을 테지요. 보름이 넘게 그대에게서 아무 소식이 없었습니다. 저는 마음을 독하게 먹고는 짐을 싸 명륜동으로 이사를 했습니다.

두 달이 지난 어느 날이었습니다. 해가 뉘엿뉘엿 서산으로 넘어가는데, 집 뒤로 난 골목길에서 "자야" 하고 부르는 소리가 들렸습니다. 그대의 목소리임을 단번에 알 수 있었습니다. 그렇게 마음을 독하게 먹었건만 그대의 목소리에 제 마음은 '쿵' 하고 내려앉는 듯했습니다.

한참을 망설이다가 얼굴이나 한 번 뵙고, 그런 연후에 헤어지자는 말을 해야겠다는 생각에 나갔습니다. 그대는 석양을 등지고 서 계셨습니다. 그대의 퀭한 얼굴을 보는 순간 저의 마음은 또다시 그대를 향한 간절함으로 물들었습니다. 그대는 새색시를 버려두고 또다시 저한테 달려온 것이었습니다. 하지만 남의 눈을 의식해야 하는 이런 사랑이 오래 지속될 수는 없었습니다. 그대는 다시금 만주로 가서 같이 숨어 살자고 하셨습니다. 저는 기생으로서의 제 생활이 있었기에 고개를 저었습니다.

그해 말, 그대는 만주의 신경(지금의 장춘)으로 가셨습니다. 그때 그대를 붙잡지 못한 것이 천추의 한이 됩니다. 토마스 하디의 소설 『테스』를 번역하여 출간하고자 서울에 잠시 다녀간 것이 1940년이었고 그 이후 그대는 남쪽으로 걸음을 하지 않았습니다. 만주 안동으로 옮겨 세관 업무를 보기도 했다지만 함흥고보 제자가 찾아보니 중년의 초라한 모습이었고 생활도 궁핍하게 보였다고 했습니다.

38선에 철조망이 놓이고, 전쟁이 일어나고, 그대의 소식은 더 이상 들려오지 않았습니다. 저는 해방 후 요정 '대원각'을 인수했습니다. 장사가 잘되어 돈이 쌓였고, 장안 최고 요정의 명성을 이어갔지만 허전한 마음을 금할 길이 없었습니다.

그대가 월북 시인이 아니었음에도 월북 시인으로 간주되어 시가 읽히지 못한 세월이 참으로 길었지요. 이동순 시인의 노력으로 그대의 첫 전집이 나온 것이 1987년, 이때부터 저도 할 일이 생겼습니다. 시인 백석의 명예를 회복시키는 일에 이제는 제가 나서야겠다고 결심했습니다.

요정은 불교계에 기증하였고 재산을 정리하여 2억 원을 만들었습니다. 그 돈을 백석문학상의 제정에 써달라고 기탁했습니다. 그래서 백석문학기념사업 운영위원회가 만들어졌고, 백석문학상이 제정되었습니다. 1990년에는 스승 하규일 선생의 일대기와 가곡 악보를 채록한 『선가 하규일 선생 약전』을 제 힘으로 출간했습니다.

기생인 저에게 남편으로서의 사랑을 베풀어 저는 행복했습니다, 저는 그 은혜에 조금 보답했을 따름입니다. 이제 죽어도 여한이 없습니다.

제 숨결 가운데 늘 함께하는 그대를 그리며, 제게 친필로 써주고 가신 그대의 시를 읊어봅니다.

가난한 내가
아름다운 나타샤를 사랑해서
오늘밤은 푹푹 눈이 나린다

나타샤를 사랑은 하고
눈은 푹푹 날리고
나는 혼자 쓸쓸히 앉어 소주를 마신다.
소주를 마시며 생각한다
나타샤와 나는
눈이 푹푹 쌓이는 밤 흰 당나귀 타고
산골로 가자 출출이 우는 깊은 산골로 가 마가리에 살자

눈은 푹푹 나리고
나는 나타샤를 생각하고
나타샤가 아니 올 리 없다
언제 벌써 내 속에 고조곤히 와 이야기한다
산골로 가는 것은 세상한테 지는 것이 아니다
세상 같은 건 더러워 버리는 것이다

눈은 푹푹 나리고
아름다운 나타샤는 나를 사랑하고
어데서 흰 당나귀도 오늘밤이 좋아서 응앙응앙 울을 것이다.
 - 백석, 「나와 나타샤와 흰 당나귀」 전문

*

자야 여사는 1999년에 작고하였다. 월북 시인이 아니라 재북 시인이었던
백석은 1945년 말 북한에서 재혼했으며, 슬하에 3남 2녀를 두었다. 1961년까지
는 시도 쓰고 동시도 썼다. 하지만 1962년부터 1996년 사망할 때까지 33년 동
안 붓을 꺾고 시인이 아닌 농민으로 살아간 백석. 남쪽의 자야 여사가 자신
을 한평생 그리워하고 있었다는 것을 모른 채 살다 갔다는 것도 분단의 비
극이 아닐 수 없다.

백석과 통영*

이승하

갯가 비린내를 맡고 싶어서 오지 않았으리
연모하는 여인의 체취를 맡고 싶어서
그 여인의 머리카락에서 살그머니 풍겨오는
비누 냄새를 맡고 싶어서

통영까지 왔구려 여기에 오기까지
낮의 쓰라림이 있었고 밤의 몸부림이 있었으리
함께하지 못해 허전하고 혼자여서 허망한 생

와서 만날 수 있다면
보고 이루어질 수 있다면
이 세상 모든 짝사랑이여 괴로운 사랑이여
안 하면 더 좋았을 것을

저 파도 소리야 갈매기 소리야
그때나 지금이나 무어 다를까만
다들 가고 그리움만 이 통영만을 가득 채우고

* 통영에 가면 백석의 시비가 있다.

사랑하였으므로
나는 괴로웠다

한하운과 R

『한하운 시초』(정음사, 1949)와 『보리피리』(인간사, 1955년 3판) 표지. 『한하운 시초』는 시인 이병철이 발문을 쓰고, 정현웅이 표지 디자인을 했다. 이병철과 정현웅은 한국전쟁 당시 월북했다. 그 때문에 한하운 또한 사회주의자로 내몰리기도 했다.

한하운이 세상을 떠난 지도 50년이 다 되어간다. 나는 그의 「전라도길」 「손가락 한 마디」 「죄」 「파랑새」 「보리피리」 「나혼유한(癩魂有恨)」 등을 읽을 때면 심호흡을 여러 번 하게 된다. 예순을 못 채우고 간 한 시인의 생애가 얼마나 많은 고통으로 점철되었는가, 상상해보는 것만으로도 가슴이 짓눌리는 것 같기 때문이다.

그는 중학교(이리농림학교) 5학년 때 자신이 '문둥이'로 살아가야 함을 알게 된다. 불행 중 다행은 음성나환자였기에 겉으로 보기에 크게 표시가 나지 않았다는 것 정도일까. 하지만 궤양이 얼마나 심하게 온몸을 덮쳤는가는 회고록『나의 슬픈 반생기』를 보면 알 수 있다.

하루는 궤양이 얼마나 되는가 세어보았다. 적어도 850군데에서 900군데나 되어 헤아릴 수 있을 만큼 엄청나게 퍼져 있는 것이다.(당시부터 십여 년 후 나는 내가 살고 있는 인천시 간석동의 600명 환자 중에서 나 같이 궤양이 많은 환자는 하나도 볼 수 없었다.) 마치 밤하늘에 별이 무수하게 뿌려져 있는 것같이 나의 온 몸뚱이에는 궤양이 뿌려져 있었다.

한하운은 회고록을 월간『희망』에 1955년 5월호부터 1957년 1월까지 연재했는데 어머니의 임종을 묘사한 뒤 이런 말을 한다.
"장례를 치르기 위해서는 내가 없어져야 한다."
어머니가 돌아가셨을 때 맏상제이면서도 그는 집에 있을 수 없었다. 이웃사람들과 친척들이 와 장례를 치르는데 나환자인 자기가 얼쩡거리면 그네들이 싫어한다는 것을 알고 있었기 때문이다.
하운은 집 근처 숲을 여러 날 울며 배회하는 동안 밥을 먹지 못해 정신을 잃었다가 밤이슬을 맞고 깨어났다. 육신의 고통은 말할 것도 없고 그 마음의 아픔을 내 어찌 안다고 말할 수 있으랴. '처절한'이나 '비통한' 같은 수식마저도 군더더기 말이 될 뿐이다.

한태영(한하운의 본명)은 함경남도 함주군 동촌면에서 태어나 함흥 제일공립보통학교와 이리농림학교 수의축산과를 졸업하고 일본에 가 도쿄 성계고등학교를 수료한 뒤 중국으로 유학을 가 북경대학 농업원 축목학과를 졸업했으니 대단한 엘리트였다.

함경남도에서 열아홉 명이 이리농림학교에 응시하여 자기 혼자 합격했다는 말이 거짓일 리 없고, 북경대학에서 주논문으로 「조선축산사」를, 부논문으로 「조선우(朝鮮牛)의 지방적 체격 연구」와 몇 가지를 썼다는 말도 사실일 것이다. 총독부 도서관과 고서점을 샅샅이 돌아다니며 고서를 수집하여 논문의 뼈대를 추렸다는 대목이 나오는 것으로 보아 태영은 그 시대에 흔치 않은 농업학자였다.

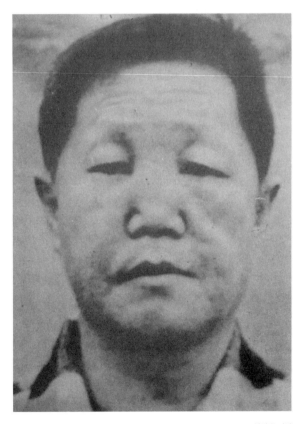

한하운 시인

한태영에게 한센병(나병) 증세가 나타난 것은 수의축산과 졸업반에 다닐 때인 1936년이었다. 그는 성대부속병원에서 나병에 걸렸다는 선고를 받고는 학교에 휴학계를 내고 금강산으로 들어갔다.

신계사 근처의 여관에 방을 하나 얻고는 날마다 온정리의 온천에 다니며 온천욕으로 병을 치료하려 했던 것이다. 일본제와 독일제 나병 치료약도 갖고 들어갔지만 약만으로는 안 될 것 같아서였다.

열여덟 살 미소년이었던 태영에게는 'R'이라는 여자친구가 있었다(한하운은 회고록에다 그녀의 이름을 밝히지 않고 이니셜로 표시한다). 어릴 때부터 알고 있던 누이동생의 친구였다. 그녀는 태영이 한마디 말도 없이 잠적하자 여름방학 때 금강산 신계사를 찾아간다. 학교에 잘 다니고 있던 남자친구가 느닷없이 금강산으로 들어갔다고 하니 당혹스런 마음에 찾아갔던 것이다.

친구 사이에서 연인 사이로 발전하는 계기가 나병이었으니 기막힌 일이다.

태영은 R 앞에서 큰 죄라도 지은 것처럼 고개를 수그렸다. 가슴이 찢어지는 고통이 엄습했지만 눈물을 보일 수는 없었다. 그럼 자신이 눈물을 보인 이유를 밝혀야 하니까.

태영은 자신을 찾아 먼 길을 온 R에게 비로봉 구경이나 시켜주기로 한다. 내려오는 길에 있는 마의태자 능 앞에서 자신이 나병에 걸린 것을 고백하려 했지만 능에 당도했을 때 R이 마의태자의 슬픈 운명에 대해 이런저런 이야기를 하는 바람에 말할 기회를 놓치고 만다.

다음 날 태영은 집선봉 기슭 우거진 숲가를 흐르는 시냇물을 보며 마침내 자신이 나병에 걸렸음을 고백한다. 나는 누구와 사랑을 하거나 결혼을 할 수 없는 몸이라고 천형을 짊어지고 살아가게 되었으니 나를 잊어달라고 R은 태영의 말을 말없이 듣기만 하면서 꽃가지의 잎사귀를 뜯어서 물에 띄워 보낸다. 비감에 찬 태영의 말에 희미한 웃음을 지으며 R이 대꾸한다.

"무슨 말씀을 그렇게 하세요. 저를 그렇게 생각하다니 슬퍼져요. 저는 태영 씨를 일생의 남편으로서 언약한 이상 태영 씨가 불운에 처했다고 버리고 가는 그런 값싼 여자가 아닙니다."

자살까지 생각하고 있던 태영의 마음을 R은 이러한 간곡한 설득으로 돌린다.

R은 그날 이후 전국을 돌아다니며 나병에 좋다는 약을 구해 태영에게 주었으니 이를 '순애'라고 해야 할까 '순정'이라고 해야 할까. R은 그 이후에도 태영의 병을 고치고자 전심전력을 다한다.

태영은 농림학교를 졸업하고 도쿄의 성계고등학교로 진학한다. R은 태영을 따라 일본에 갔고, 일본에 가서도 정성을 다해 약을 구해가며 태영을 보살핀다. 하지만 이국에서의 불규칙적인 생활은 병의 재발을 부추겨 3학년 때 급거 귀국하게 된다.

다시 금강산으로 들어가 몇 달 정양하는 동안 차도가 있자 이번에는 중국으로 간다. 그는 북경대학에 입학하여 비로소 시에 눈을 뜬다. 태영은 중국 시절을 이렇게 회고한 바 있다.

운명의 병마에 신음하면서 남은 여명을 문학에 귀의하지 않고는 나를 구원할 길이 없음을 나의 심혼에서 백열같이 내연하였다.

태영의 중국 생활은 학업과 투병이 아니라 술과 문학의 나날이었다. 심신이 피폐해지자 병세가 다시 심해진다. 고국에 돌아와 다시금 금강산에서 몸을 추스른 하운은 함경남도 도청 축산과에 취직하여 일하다 도내 장진군으로, 다시 경기도 용인군으로 전근한다.

광복을 맞게 되는 1945년, 또다시 병이 악화되어 직장을 그만두고 함흥 본

가로 가서 치료했으나 효과를 보지 못한다. 태영은 이 무렵부터 남은 생을 문학을 위해 바치기로 하고 시작(詩作)에 몰두한다.

태영에 대한 R의 사랑은 변함이 없었지만 이별의 순간이 다가오고 있었다. 1946년 태영은 함흥학생사건에 연루되어 함흥형무소에 수감되었으나 나병환자라는 이유로 곧 풀려나게 된다. 1945년 8월 소련군에 의하여 점령된 북한에 소련군정이 실시되면서 각 도의 도청은 소련군의 군정청으로 사용되고 있었다. 그러다 1946년 초에 인민위원회가 조직되었는데, 도인민위원회가 들어설 도청은 이미 소련군이 점거하고 있었기 때문에 그들은 함남중학교의 교사(校舍)를 청사로 차지하였다. 그러자 학생들은 모교사수(母校死守)를 외치며 이에 항거하였다. 한편 그 무렵 흥남비료공장을 비롯한 큰 공장의 기계가 어디론지 뜯겨 가고, 식량배급이 끊기면서 시민들의 불평은 심각한 상태에 이르렀다. 그래서 시민과 학생들이 들고일어난 사건이 함흥학생사건으로 보완서원의 발포로 학생 1명, 시민 2명의 희생자가 났고 보안서원도 3명이 사망하였다. 사건 진압 후 49명의 학생과 시민이 검거되었고 그중에 한태영도 포함되어 있었다.

1947년에 태영은 잠시 월남하여 약을 구해서 R이 있는 북으로 갔다가 체포되고 만다. 원산형무소에 갇혀 있다가 탈옥하여 다시 월남, R과는 영영 헤어지게 되는데, 이 과정의 이야기는 『나의 슬픈 반생기』에 비교적 소상하게 나와 있다.

R과 태영을 영영 이별하게 만든 장본인은 태영의 남동생이었다. 그는 형과 R의 필사적인 만류에도 아랑곳하지 않고 김일성 암살을 모의하는 비밀결사를 조직했다가 거사 직전에 발각되어 체포된다. 이때 R도 비밀결사의 일원으로 지목되어 체포되었으므로 아마도 한국전쟁 발발 직전에 처형되었

을 것이다.

태영은 1949년, 『신천지』 4월호에 시 「전라도 길」 외 12편을 발표하면서 문단에 정식으로 등단한다. 이때 필명을 한하운으로 짓는다. 같은 해 5월에는 시 25편을 묶어 첫 시집 『한하운 시초』를 발간하고 57세의 나이로 작고할 때까지 병마와 싸우는 한편 시를 열심히 쓴다. 시집 『보리피리』 『한하운 시 전집』, 자작시 해설집 『황토길』, 회고록 『나의 슬픈 반생기』 등을 출간하고 장편소설 「사랑은 슬픈 것인가」를 발표하기도 한다. 아무튼 그는 육신의 고통과 세상의 질시를 감내해야 했고, 회한과 허무감에 젖어 시를 썼다.

남으로 온 이후 사회활동도 활발히 한다. 1952년에 신명보육원을 설립한 데 이어 1958년부터는 청운보육원을 인수해 운영한다. 1954년 대한한센총연맹 위원장에 취임하고 1959년에 한미제약회사를 설립, 회장에 취임한다. 1961년에는 명동에 출판사 무화문화사를 설립한다.

가도 가도 붉은 황톳길
숨 막히는 더위뿐이더라

낯선 친구 만나면
우리들 문둥이끼리 반갑다

천안 삼거리를 지나도
수세미 같은 해는 서산에 남는데

가도 가도 붉은 황톳길
숨 막히는 더위 속으로 쩔룸거리며

가는 길

신을 벗으면
버드나무 밑에서 지까다비를 벗으면
발가락이 또 한 개 없어졌다.

앞으로 남은 두 개의 발가락이 잘릴 때까지
가도 가도 천리, 먼 전라도 길
  - 한하운, 「전라도 길」 전문

이 시는 한센병을 앓는 모든 사람의 아픔과 슬픔을 대변하고 있다. 시적 화자는 한여름 더위 속에 전라도를 향해 걸어가고 있다. 발가락이 떨어져 나가는 고통을 그 누가 알까. 이 시를 지배하고 있는 정조는 소외감과 절망감이다. 한센병은 사람들이 보면 징그럽다고 외면하는, 살이 썩어 문드러지는 병이다. 혈액을 통해 전염이 되는 병이며 한 번 걸리면 회복이 불가능한 병이다. 그래서 이 병을 천형이라고 한다. 이남에서 사회사업가와 제약회사 사장으로 살아간 한하운은 북에 두고 온 애인 R을 못 잊어 이런 글을 쓴 적이 있다.

나는 R의 빛나는 눈동자에서 사랑의 시를 느끼고 그 사랑의 시는 나에게 다시, '한 세상을/ 한 세월을/ 살고 살면서'에서처럼 삶의 욕망이 치솟는 '생명의 노래'를 주었던 것이다. 또 나는 생각에 잠긴다. 이 세상에 사랑이란 것이 없다면 사람은 어떻게 될 것인가? 더욱이 나 같은 경우에는 R의 사랑이 없었다면 이 심연을 어떻게 했을 것인가.

R이란 여인이 환자인 자신을 사랑해준 그 사랑의 힘으로 절망하지 않았

다는 한하운. 그는 죽는 날까지 전라도 길을 땀을 비 오듯이 흘리며 걸어간 시인이다. 숨 막히는 더위 속으로 절름거리며, R을 생각하면서. 고통의 극점에서도 첫사랑을 잊지 않았던 시인이기에 나는 그의 시를 읽을 때마다 전율한다.

한태영은 시를 쓰면서 한하운이란 필명을 갖게 되었다. 구름 따라 어디로 흘러가고 싶었던 것일까.

구름을 보며 노래하다

이승하

태어난 모든 것들에게 남아 있는 일은
죽는다는 것
죽을 땐 응당 죽겠지만
그대
아프지 말라
나처럼
아프지 말라

북한의 그대
살아는 있소?
소식 한 자 전할 수 없는데
이 세상에는
못 만나 병난 사람들이 이렇게 많소
고아가 아니면 과부
환자가 아니면 미감아

못 만나는 우리는 남남북녀
나비도 살아서 저렇게 날고
고양이도 짝을 찾아 저렇게 우는데

북으로 가는 모든 길이 막혀
기가 막혀
나 한하운 오늘도
북으로 가는 구름을 쳐다보고 있다오.

당신의 눈동자 입술은
내 가슴에 있어

박인환과 이정숙

1955년 『박인환선시집』 출판기념회에서 박인환과 이정숙 그리고 공초 오상순(위).
1948년 봄 박인환과 이정숙은 문우들의 축복을 받으며 결혼식을 올렸다(아래).

「목마와 숙녀」의 시인 박인환의 사랑은 815광복으로부터 시작된다. 평양 의전을 다니던 인환은 광복이 되자 학업을 중단하고 서울로 온다. 그의 인생 최대의 목표는 시인이 되는 것이었고 다른 목표는 아예 없었다.

그 무렵 몇 해는 신춘문예도 문예지 추천도 일시 중단된 시기였다. 동인지 를 내거나 신문지상에 문단의 원로가 시를 실어주면 그것이 곧 등단이었다.

인환은 아버지와 이모가 보태준 돈으로 탑골공원 정문 근처 낙원동 입구 에다 20평 남짓한 규모로 서점을 낸다. 서울 시내 한복판에 서점을 낸 것도 문단의 여러 인사들과 사귀기 위한 방편이었지 장사를 잘해볼 생각에서가 아니었다. 이곳이 바로 '후반기' 동인 탄생의 산실이자 평생의 반려를 만나게 되는 '마리서사'다.

인환은 서점에서 문단의 유명 인사들과 안면을 터 등단을 하게 될 뿐만 아니라 한 여인을 사귀게 된다. 서점에 가끔 들러 시집을 사 가는 이정숙이란 아가씨에게 그는 새로 나온 시집을 권하면서 자신의 시가 실린 신문 국제신 보와 문예지 『신천지』도 슬쩍 보여주었다. 진명여고를 나온 이정숙은 이른 바 문학소녀였다.

두 사람의 사랑은 무르익어 1948년 봄, 하객들과 여러 시인의 박수를 받으 며 덕수궁 석조전에서 결혼식을 올렸다. 두 사람은 함께 있다는 것만으로 더 없이 행복했다.

신혼의 단꿈을 깬 것은 한국전쟁이었다. 두 아이와 아내를 데리고 대구로 피난을 간 인환은 경향신문 소속 종군기자로 일하다가 육군 소속 종군작가 단에 들어가 전선과 후방을 뛰어다니며 기사를 썼다. 네 식구 살림살이는 입 에 간신히 풀칠할 정도였지만 부부는 서로 사랑하였고, 두 아이는 하루가 다 르게 자랐다. 부산에 가 있는 동안 인환은 대구의 아내에게 띄운 편지가 전해지고 있다.

　사랑하는 나의 정숙에게
　오늘처럼 우울했던 날이 없었습니다. 당신을 대구에 두고 나만이 부산의 거리를 헤매고 있는 것이 슬펐습니다.
　나는 당신을 만난 행운의 사람인데도 어째서 이다지도 쓸쓸한 것일까요. (하략)

이처럼 인환은 아내에게 편지를 쓸 때 꼭 존칭을 썼다. 전쟁이 끝나 서울 옛집에 돌아왔을 때는 식구가 하나 더 늘어 있었다. 나이 서른에 세 명의 자식을 두게 된 시인은 외항선을 탔다. 생활고에서 벗어나 보고자.
　해운공사에 취직하고 얼마 안 되어 화물선 '남해호'의 사무장이 된다. 시를 쓰겠다고 신문사를 나왔지만 시인이 직업이 될 수는 없었기 때문이었다. 배 위에서 그는 여전히 사랑하는 아내에게 편지를 쓰면서 보고픈 마음을 달래곤 했다.

　세형, 세화, 세곤이는 잘 놀고 있습니까? 밤마다 당신과 애들을 꿈에 보고 헛소리를 합니다. 참으로 보고 싶습니다. (중략) 혼자 고생하는 당신 생각에 마음이 아픕니다. 돌아가면 절대로 고생시키지 않겠다고 다짐 또 다짐합니다. 이곳에 홀로 있는 동안 저는 당신의 사랑을 더욱 깊이 느끼게 되었습니다. 내일 육지에 올라가 또 쓰겠습니다.

　이 편지를 당신이 받아볼 때는 세형이도 학교에 다니게 되겠지요. 참으로 그 모습이 보고 싶습니다. 그 모습을 지금 보지 못하는 것이 너무 가슴 아픕니다.

생활은 어떻게 하는지, 여기서 걱정만 할 뿐 아무 도움도 주지 못해 정말 미안합니다. 얼마 동안만 참아주시고, 앞으로는 행복하게 지냅시다.

그리워 죽겠습니다. 영원히 당신을 사랑합니다.

위로부터 20대의 박인환 시인, 1951년 부산 피난지에서 부인 이정숙과 장남 박세형,
1947년 3월 마리서사 앞에 선 임호권과 박인환.

인환은 아내와 세 자식을 이렇게 열렬히 사랑했으나, 그 시간은 너무나 짧았다. 1956년 3월 20일 급사했을 때 그의 나이 겨우 서른하나였다. 공교롭게도 그는 요절한 시인 이상 추모의 밤 행사 때 술을 마시고 그 이튿날까지 연속적으로 술을 마셨다. 「술 권하는 사회」라는 소설의 제목처럼 당시 서울 거리는 폐허였고 시인의 마음도 황폐하였기에 그토록 폭음을 했던 것일까. 저녁에 집에 돌아와 잠이 들었고 심장마비가 와서 아침에 깨어나지 못했다.

훗날 박인환의 시 「세월이 가면」은 노래로 만들어져 많은 사람에게 불리며 사랑받고 있다.

지금 그 사람의 이름은 잊었지만
그의 눈동자 입술은
내 가슴에 있어

바람이 불고
비가 올 때도
나는 저 유리창 밖
가로등 그늘의 밤을 잊지 못하지

사랑은 가고
과거는 남는 것

여름날의 호숫가
가을의 공원
그 벤치 위해
나뭇잎은 떨어지고
나뭇잎은 흙이 되고
나뭇잎에 덮여서
우리들 사랑이 사라진다 해도

지금 그 사람 이름은 잊었지만
그의 눈동자 입술은
내 가슴에 있어
내 서늘한 가슴에 있건만

　이 시처럼 박인환의 아내 이정숙은 서울 대신동에서 남편을 그리워하며, 세 자식을 키우며 살았다. 자기 아내를 박인환만큼 사랑한 이도 흔치 않을 테지만 아내를 끔찍이 사랑했다면 그렇게 허무하게 가지는 말아야 했다. 가족에 대한 사랑은 '의무'를 다하는 것이기도 하니까. 남편으로서의 의무, 아버지로서의 의무를. 사랑한다면 조심해야 하리. 특히나 술을.

도대체 왜 그리 술을

이승하

사랑한다면서 왜?
보고 싶다면서 왜?
같이 있자면서 왜?

지금 그 사람의 이름은 잊었지만
그 눈동자 입술
내 가슴에 있다면서 왜?

어린 딸에게
잘 울지도 못하고
힘없이 자란다고 하고선 왜?

명동을 그토록 사랑하여
큰소릴 뻥뻥 치며
누비고 다녔으면서 왜?

이상이 요절한 천재라고 하여
나도 그에 못지않다고
뒤를 따라 요절하려고?
요절해야지 시인다운 생이라고?

사랑하기에
나는 미친다

이중섭과 야마모토 마사코

이중섭과 이남덕 결혼사진(좌)
연극〈사랑하기에 나는 미친다〉 포스터(우)

몸이 멀어지면 마음도 멀어진다고 했던가. 보고 싶은 사람을 오래 못 보게 되면 차츰 잊어버릴 수도 있으리라. 그러나 보고 싶은 아내와 두 자식에 대한 그리움이 사무쳐 미쳐버린 화가가 있다.

소와 발가벗은 아이를 즐겨 그린 화가 이중섭. 화가의 불우했던 생은 그가 남긴 많은 그림에 더욱 깊은 음영을 드리우고 있어 그의 작품을 보는 이들의 가슴을 떨리게 한다.

이중섭은 평안남도 평원의 부유한 농가에서 유복자로 태어났다. 평북 정주의 오산학교에 들어간 뒤, 예일대학 미술과 수석졸업자 임용련 선생으로

부터 감화를 받아 화가의 길을 가게 되었다. 20대 초반에 일본으로 건너가 도쿄 제국미술학교에 들어갔으나 보다 자유로운 분위기의 문화학원 유화과로 옮겨 그림 공부에 몰두했다.

그곳에서 이중섭은 후배 야마모토 마사코(山本方子)를 만나 운명적인 사랑을 하게 된다. 마사코는 한국 유학생 이중섭을 깊이 사랑하여 프랑스 유학의 꿈까지 접는다. 그런데 마사코는 일본 제1의 재벌 미쓰이(三井)물산의 자회사 일본창고주식회사 사장의 딸이었다. 두 사람은 국적도 달랐지만 신분도 하늘과 땅 차이였다. 마사코 가족의 결혼 반대는 당연한 일이었다. 일본인 여자와 한국인 남자의 결혼은 한국을 식민지로 삼았던 당시 일본의 입장에서 보면 용서할 수 없는 일이었다. 하지만 그녀는 온갖 욕설과 손가락질을 감내하기로 하고 결혼할 결심을 한다. 이중섭은 결혼을 약속하긴 했지만 졸업 후 일본에서 직장을 구할 형편이 못 되어 혼자서 한국으로 돌아오게 되었다. 한때의 사랑이라고 생각하고 단념할 수도 있었지만 마사코의 마음은 변함이 없었다.

태평양전쟁이 끝나기 넉 달 전이었다. 마사코는 륙색을 등에 메고 자그마한 손가방 두 개를 양손에 쥐고 도쿄를 출발해 나흘이나 걸려 큐슈의 하카다항에 도착했다. 전쟁이 막바지였던 때라 하카다에는 조선 가는 배편이 없었다. 교통공사에 부탁해서 차편을 겨우 얻어 하카다에서 시모노세키까지 차로 갔다. 도처에 미군 비행기의 폭격으로 길이 엉망이었다. 시모노세키에 도착했지만 이번에도 조선으로 가는 배가 없다는 것이었다. 얼마 전까지 정기연락선이었던 곤고마루가 미군 잠수함에서 쏜 어뢰를 맞고 침몰했다는 것이 아닌가. 하카다로 다시 돌아온 마사코는 기진맥진한 상태가 되었지만 알아보니 조선으로 가는 임시연락선이 한 대 뜬다는 것이었다. 보잘것없는 똑딱선이었는데 마사코는 웃돈을 주고 탔다. 나중에 안 거지만 이 배가 해방 전에 일본과 한국을 잇는 마지막 배였다고 한다. 중섭이 감격할 수밖에 없었다.

혼자서 바다를 건너 원산까지 찾아온 그녀와 1945년 5월 결혼식을 올린 이중섭은 아내에게 이남덕이라는 한국 이름을 붙여준다. 남쪽(일본)에서 얻은 여자라는 뜻이 담긴 이름이었다. 대다수 한국인이 창씨개명을 하고 살던 시절에 일본인이 한국인 이름으로 개명했으니 참으로 특이한 경우였다.

젊은 시절의 이중섭과 이남덕

마사코는 중섭만을 믿고 현해탄을 건너오긴 했지만 한국은 말도 다르고 풍습도 달랐다. 풍토도 다르고 음식 맛도 달랐다. 이중섭에 대한 사랑이 아니었다면 그녀는 미쳐버렸을 것이다. 그러나 정신이상으로 생을 마감한 것은 마사코가 아니라 이중섭이었다. 왜 이중섭은 정신병원을 전전하다 40년 5개월을 일기로 생을 마감한 것일까.

해방이 되고 얼마 뒤 북한은 소련의 군정 아래 놓이게 되었고 공산당 창당 이전에는 인민위원회가 만들어져 예술가들의 자유로운 창작을 억압하였다. 원산에서 나온 해방기념시집 『응향』이 비판의 도마에 올라 인민재판까지 갈 지경에 이르렀다. 표지화와 삽화를 그린 이중섭은 인민위원회의 질책을 받았고 인민을 위한 그림을 그리라는 압력을 받는다. 즐겨 그리는 소 그림은 인민의 생활상이 담긴 것이 아니므로 앞으로 그리려거든 쟁기질을 하는 소를 그리라는 명을 받는다.

1950년 11월, 이중섭은 조카까지 데리고 배편으로 부산으로 피난을 가 범일동 피난민 창고에서 생활하게 되었다. 그림을 그려야 생활을 꾸려갈 수 있는데 전시회도 할 수 없었고 그림을 부탁하는 사람도 없었다.

그 후 일가는 천주교 재단의 배편 후원을 받아 제주도로 가 해초와 게로 연명하였다. 그야말로 초근목피로 입에 풀칠을 하는 상황이었다. 제주도는 쌀이 귀했다.

이중섭 일가는 다시 부산으로 가 산동네 단칸방에 몇 개의 가재도구와 화구를 풀었다. 이중섭은 유엔 군부대의 부두노동자 생활을 시작했다. 하지만 도저히 네 식구를 거둬 먹일 수가 없었다.

한국에 온 지 7년 7개월 만인 1952년 12월, 마사코는 마침내 두 아들을 데리고 일본의 친정으로 돌아갔다. 그 무렵 조카 영진도 군에 입대하여 중섭은 홀로 남게 되었다. 이때부터 이중섭의 예술혼은 더욱 찬란한 꽃을 피웠다. 하지만 생활은 여전히 불안정하였고, 심리적으로도 불안한 나날을 보내게 되었다. 아무리 열심히 그림을 그려도 일본으로 돈 한 푼 부칠 수 없는 처지였기 때문이다. 그림은 온통 소, 닭, 까마귀, 아이들, 아이들, 아이들……. 피눈물로 그린 그림들이었다.

이듬해 겨울 이중섭은 친구들이 여비와 해운공사 임시 선원증을 마련해 주어 일본행 배를 탄다. 가족과의 재회는 기쁜 일이었지만 임시 선원증이라 1주일만 머물 수 있었다. 이중섭은 처가에서 환영을 받지는 못했을 것이다. 장모의 입장에서 보면 딸과 두 손자가 영양실조의 몸으로 일본에 왔으니. 이중섭은 하릴없이 일본에 있을 수도 없었다. 가족과 재회한 기쁨도 잠시, 중섭은 마음에 큰 상처를 입고 일주일 만에 귀국하였다.

그때부터 이중섭은 미치기 시작했던 것이리라. 가족이 너무너무 보고 싶어서, 아들한테 자전거 사주겠다고 한 약속을 지키지 못한 죄책감 때문에……. 유학 시절에 알게 된 구상 시인이 주선하여 미술전람회도 열었지만 수익은 올리지 못했다.

이중섭은 만나는 사람마다 잘못했다고 백배사죄하면서 괴로워했다. 거기다 식음을 전폐하는 거식증을 앓아 점점 깡말라갔다. 성가병원, 수도육군병원, 청량리병원, 적십자병원 등을 전전하다 결국 1956년 9월에 숨을 거두었다. 수혈도 거부하고 영양주사도 거부하고 식사도 거부하여 직접적인 사인은 간염과 영양실조였다. 무연고자로 취급되어 사흘이나 방치되어 있던 시신을 친구들이 뒤늦게 알아내고는 망우리에 갖다 묻었다. 사흘이 멀다 하고 꿈에서 만난 아내와 자식에 대한 그 하염없는 사랑이 화가 이중섭을 미치게 했고, 사지로 끌고 간 것이었다.

사랑하기에 나는 미친다

이승하

꿈꾸면 나타나는 사람들이 있다
꿈속에서 만나는 사람들이 있다
현해탄을 사이에 두고
휴전선을 사이에 두고
돈이 없어서 배표가 없어서

몸이 멀어지면 마음도 멀어진다고?
―난 그렇지 않습네다.
길은 멀어도 마음은 가깝다
―장모님, 사위 왔습네다. 절 받으시라요.
밥을 굶어도 아무 상관이 없었다
―많이 다랐구나, 네래 태현이! 네래 태성이!
단 하루로 단 한 시간도 떠올리지 않은 적 없었으리
(남덕이, 우리 남덕이래, 안 보곤 못 살지.)

꿈 깨면 종이 주워 그리고
미칠 것 같아 은박지에 그렸다
헤어져 사는 이 세상 모든 피붙이들아
연락도 못 하고 사는 이 세상 모든 이산가족들아
안 보고 어찌 살 수 있는가

안 안아보고 어찌 살 수 있는가

미칠 정도로 사랑했던 게지
못 보아 미쳐버린 게지
식음을 전폐하고
술도 끊고 붓질도 끊고
꿈에 만나 얼싸안고
다시는 헤어지지 말자고 부르짖었지
헤어져 사느니 미쳐버리는 게 낫다고

아 차라리 깨지 않고 영원히 잠들었으면

풀잎으로 묶어준
갈래머리

신동엽과 인병선

신동엽 시인

시인 신동엽은 1930년에 충남 부여에서 태어나 1969년 4월 7일, 서울 성북구 자택에서 간암으로 타계하였다. 나이 마흔에 세상을 버렸으니 결코 길지 않은 생이었다. 그러나 장편서사시 「금강」을 비롯해 그가 남긴 시편은 한국 시문학사에서 가장 빛나는 부분을 차지하고 있다.

서울대를 목표로 입시공부에 여념이 없던 이화여고 졸업반이던 인병선은, 돈암동 집 근처에 있는 서점에 가서 책을 사보는 것이 유일한 낙이었다. 영어 단어 외우고 수학 문제 푸는 수험생으로서 영화 구경이나 여행은 꿈도 꿀 수 없었고, 그저 책이나 사 읽으며 입시의 중압감에서 잠시나마 해방되곤 했다. 그런데 그녀는 다른 여고생들과는 달리 문예지나 사상서, 어려운 학술서적을 사가곤 하는 묘한 학생이었다. 서점에 주기적으로 와 책을 사가는 여학생을 따뜻한 눈길로 쳐다보는 남자가 있었으니 바로 신동엽이었다.

한국전쟁이 막 끝난 1954년의 겨울 무렵, 24세의 청년 신동엽은 실업자였다. 전주사범학교와 단국대 사학과를 졸업했지만 전후의 황무지에서 직장을 쉽게 구할 수 없었다. 친구가 하는 서점에서 점원 노릇을 해주며 취직자리를 알아보고 있던 터였다. 그러던 중 여고생 하나가 자기 나이에 걸맞지 않은 책을 사가곤 해 눈여겨보게 된 것이다.

인병선은 어느 날 서점 구석까지 다 찾아보았지만 원하는 책이 보이지 않았다. 뒤도 안 돌아보고 외쳤다.

"무슨무슨 책 없어요?"

그러자 바로 등 뒤에서 굵직하고 낮은 목소리가 들려왔다.

"그 책은 아직 못 갖다 놓았습니다만 그 대신 이건 어떨까요?"

신동엽은 책을 한 권 내밀었다. 인병선은 그 책을 쥔 점원의 손에서 팔로, 어깨로, 얼굴로 시선을 올려갔다. 그리고 한 사람의 눈을 보았다. 인병선은 그 순간을 어느 수필에서 다음과 같이 회고한 바 있다.

그 크고 빛나는 눈! 비록 작달막한 키에 빛바랜 허름한 군복 잠바를 걸치고 있었지만 나는 그때까지 그처럼 밝고 빛나는 눈을 본 일이 없다. 그 눈빛은 너무 깊고 넓어 나의 온 가슴을 채우고도 남는 것 같았다. 이 것이 우리들의 운명의 해후였다.

운명의 해후가 있은 이후 두 사람은 자주 만나게 된다. 데이트 장소는 늘 길이었다. 두 사람은 밤길을 거닐면서 많은 이야기를 나누었다.

몇 달 뒤 이른 봄날, 두 사람은 소나무가 듬성듬성 나 있는 돈암동 뒷산의 채석장 부근에서 밤을 새우며 이야기를 나누었다. 인병선은 짧은 치마에 스웨터를 입고 있었고, 신동엽은 여전히 허름한 군복 점퍼를 입고 있었다. 차가운 공기가 살갗에 와 닿는 쌀쌀한 날씨였고 두 사람이 서로에게 줄 수 있는 것은 체온뿐이었다. 마른 잔디가 바삭거리는 찬 땅에서는 끊임없이 냉기가 올라왔고, 하늘에서는 별이 초롱초롱 빛났다. 아침이 되어 산을 내려오려 하자 인병선의 다리가 말을 듣지 않았다. 상반신은 신동엽의 품에 안겨 있었기 때문에 괜찮았지만 하반신은 완전히 꽁꽁 얼어버렸기 때문이었다. 그러나 그 찬란한 행복을 도저히 뿌리칠 수 없어 인병선은 꼼짝하지 않고 밤을 홀딱 새웠던 것이다.

그해 봄, 인병선은 서울대 철학과 학생이 되었고, 신동엽은 교편을 잡고자 이력서를 써 들고 동분서주하였다. 대학생으로서 첫 번째로 맞이하는 여름방학 때 인병선은 결혼 약속을 한 신동엽의 고향 부여로 가 미래의 시아버지와 시어머니에게 인사를 올렸다. 대학교수의 딸이자 서울대학교 학생인 인병선에 비해 신동엽은 논 한 마지기 없는 빈농의 아들로 미래도 불확실하기만 했다. 하지만 신동엽에 대한 인병선의 사랑은 확고부동했다.

부여 터미널에 내리자 신동엽은 곧장 인병선을 백제탑이 있는 잔디밭으로 데려갔다. 그러고는 풀잎을 뜯어 연인의 머리카락을 두 갈래로 묶어주었다. 시골 노인네라 풀어헤친 머리를 좋아하지 않는다고 하면서. 풀잎으로 묶어준 갈래머리, 바로 그것은 시인 신동엽의 시세계이기도 했다.

그해 가을, 신동엽은 입대를 하게 된다. 두 사람은 사흘이 멀다고 편지를 썼지만 인병선으로서는 사랑하는 사람을 볼 수 없는 고통스런 나날이었다. 그 이듬해 가을, 신동엽이 제대를 하자 두 사람은 곧바로 약혼을 하였다. 신동엽이 1년 만에 제대하게 된 것은 오로지 인병선의 노력 덕분이었다. 신동엽이 2대 독자인 것을 알아내고는 사방으로 뛰어다니며 애쓴 결과 병무청에서도 인정하여 의가사제대를 시킨 것이다.

1957년, 두 사람은 마침내 결혼식을 올린다. 신동엽이 이듬해 충남 주산농고에 교사로 발령을 받을 때까지 인병선은 남편을 위해 고생을 마다하지 않았다. 시집이 있는 부여에서 양장점을 열어 남편을 뒷바라지하면서.

인병선의 사랑의 결실이었을 것이다. 신동엽은 1959년 장시 「이야기하는 쟁기꾼의 대지」가 조선일보 신춘문예에 당선됨으로써 시인으로 등단하게 되었다. 신동엽이 시인으로 등단한 그 무렵, 두 사람은 떨어져 있을 수밖에 없었다. 신동엽이 한국전쟁 때 감염된 간디스토마가 발병하여 매일 각혈을 하다가 고향에 요양하러 갔기 때문이었다. 인병선이 아이를 들쳐업고 서울로 올라와 있던 때였다.

수상작이 게재된 신문을 들고 인병선은 돈암동 집 뒤의 산으로 올라간다. 1월 4일이니 한겨울이었다. 그녀는 그 산등성이에서 눈물을 흘리며 몇 시간 동안이나 서 있었다. 앞날이 캄캄절벽이었던 한 청년의 품에 안겨 별을 보며 밤을 지새웠던 바로 그 자리에서.

짚풀생활사박물관장에 가서 인병선 님을 만나고 온 것도 어언 10년 전 일이 되었다. 인병선 님께 시 한 편으로 안부를 전한다.

신동엽과 인병선의 연애시절과 결혼사진

지푸라기처럼

이승하

알 것 같습니다
왜 짚풀로 만든 온갖 것을 모으기 시작했는지
사라진 아버지의 흔적을 더듬어*
발자취 하나하나 찾아내기 위하여

망태기에 실린 오천년 농경사회
짚은 볏짚 보릿짚 밀짚
짚은 집이고 이불이고
짚은 가재도구고 살림살이고

못 받드는 것이 없어서
가난했던가 봐요
새끼를 꼬아도 가마니를 짜도
어차피 가난한 살림

풀잎으로 묶어준 갈래머리
나 생각하면 시를 썼더라면
이야기하는 쟁기꾼의 대지처럼
끈질기게 짚과 풀을 키워냈더라면

지푸라기처럼 살아 시를 썼더라면

• 인병선의 부친 인정식은 일제강점기의 대표적인 농촌경제학자였는데 한국전쟁 중 월북하였다.

한평생
변함이 없는 사랑

천상병과 목순옥

천상병 시인

　천상병은 수많은 일화를 남긴 기인이었고 뛰어난 시인이었다. 시를 즐겨 읽지 않는 사람일지라도 천상병이라는 시인 이름은 한 번쯤 들어봤을 것이다. 또한 인사동에 가본 적이 있는 사람이라면 '귀천'이라는 이름의 찻집을 보았을 것이다. 천상병 시인의 시 제목을 딴 그 찻집에는 시인이 살아 있을 때나 작고한 지 많은 시간이 흐른 뒤에나 시인의 아내 목순옥 여사가 손님들에게 유자차와 모과차를, 여름이면 식혜와 수정과를 팔았다. 천상병 시인이 1993년에 작고하자 오랫동안 혼자서 가게를 열었고, 목 여사도 2010년에 돌아가셨다.

서울에서 매일 수십 쌍이 결혼식을 올리지만 그날의 결혼식만큼 큰 박수가 울려 퍼진 적이 없었다고 한다. 두 사람이 결혼한 것은 1972년 5월 14일이었다. 마흔세 살 노총각과 서른여섯 살 노처녀가 결혼했으니 그 당시로서는 드문 일임에 틀림없었다. 하지만 장안의 화제가 되었던 이유는 그 결혼이 너무나 값진 사랑의 승리였기 때문이다.

천상병 시인은 1967년 6월 25일, 동백림사건에 연루되어 중앙정보부에 끌려가 6개월 동안 세 차례의 전기고문 등 숱한 고문을 받고 폐인이 되다시피 한다. 동백림사건이란 독일 유학생 몇 사람이 베를린에 사는 동포의 주선으로 동베를린에 구경 간 것이 빌미가 되어 엄청난 간첩단 사건으로 비화된 사건이다. 작곡가 윤이상과 화가 이응로 등 유럽 거주 예술가들을 포함하여 수많은 사람이 체포되어 고문을 당했고, 유기형에 처해졌다. 천상병 시인의 혐의는 동백림사건의 핵심 인물이자 서울대 상대의 동기동창인 강빈구가 간첩인 것을 알고서도 신고하지 않고 그를 협박하여 돈을 뜯어냈다는 말도 안 되는 것이었다. 6개월 동안 갇혀 있으면서 전기고문 등 온갖 고문을 다 당한 끝에 집행유예를 받고 바깥세상으로 나왔지만 이미 천상병은 제정신이 아니었다.

1971년이었다. 고문의 후유증과 영양실조로 거리에서 쓰러진 그를 발견한 사람은 경찰이었다. 자신을 시인 천상병이라 말하면서도 시를 한 줄도 못 대고, 대소변조차 가릴 줄 모르는 그를 경찰은 행려병자로 간주하여 서울시립정신병원에 입원시켰다. 민영, 성춘복, 송영택 등의 친구가 행방불명된 천상병을 찾다가 포기하고 돈을 모아 유고시집을 내준 것은 유명한 일화이다. 다행히 그 병원의 김종해 박사가 천상병 시인의 유고시집이 나왔다는 신문기사를 보고 자신이 돌보는 환자가 천상병 같다는 생각에 신문사에 연락을 취했고, 친구들이 달려왔다. 입원하고 몇 달이 지난 후였다.

목순옥의 오빠 목순복은 천상병의 친구였다. 목순옥이 여고 2학년 때였다. 오빠의 소개로 명동의 갈채다방에서 만난 천상병은 그때도 좀 이상한 사람이었다. 경북 상주에서 올라온 친구의 동생 앞에서 천상병은 콧구멍을 후비며 앉아 있다가 우스운 이야기가 나오면 다방이 떠나갈 듯이 웃곤 했다. 두 사람은 곧 오빠와 동생 사이처럼 스스럼없이 지내게 되었다. 그 무렵 천상병은 시인에게 졸업장이 무슨 필요가 있냐며 서울대 상대를 중퇴하고 이집 저 집을 떠돌아다니며 얻어먹고 지내고 있었다. 목순복은 친구의 재주를 아껴 시인의 술값을 수시로 내주곤 했다.

천상병과 목순옥 부부

세월은 흘러 천상병 시인은 고문의 후유증을 술과 담배로 달래며 살아가는 준 폐인이 되어 있었다. 직업이 없었으므로 술값, 담뱃값 등을 주변 사람들이 대주고 있었다. 그러니 몸과 마음이 모두 황폐해져 서울시립정신병원의 병원에 1년여 동안 입원까지 하게 된 것이었다. 목순옥은 병원에 있는 천상병을 헌신적으로 돌봐주며 천상병을 위해 남은 생을 바치기로 결심한다.

'천 선생님은 내가 아니면 안 된다. 천 선생님이 편안한 마음으로 살아가시려면 내가 저분 곁에 있어야만 한다. 내가 곁에 없으면 천 선생님도 안정을 잃지만 나 역시도 저분을 등지고서 마음 편하게 살아갈 수는 없을 것 같다.'

퇴원한 천상병은 녹음이 푸르른 1972년 5월 14일, 김동리 선생의 주례로 목순옥을 평생의 반려자로 맞이한다. 아니, 목순옥이 천상병을 위해 평생 간호사 역할을 하리라고 결심한 날이다.

그때부터 목순옥 여사는 어린아이의 정신연령을 갖고 사는 남편을 위해 팔과 다리의 역할을 한다. 시인이 급성 간경화증으로 춘천의료원에 입원했을 때는 5개월 동안 하루도 빠짐없이 춘천과 서울을 오르내리며 간병을 했다. 그때만이 아니라 1999년 4월 28일에 시인과 사별할 때까지 목순옥은 시 쓰는 것 외에 아무것도 할 줄 모르는 남편을 정성을 다하여 보살핀다. 매일 아침 세수는 물론이거니와 손발톱도 깎아주고 목욕도 시키는 등 목순옥은 아내이자 어머니의 역할까지 하며 헌신적으로 천상병을 도왔다. 또한 찻집 '귀천'을 운영하며 가계까지 책임져야만 했다.

이처럼 목순옥은 27년 동안 한결같이 오직 한 사람을 위해 사랑을 쏟아부었다. 천상병 시인의 중기와 후기의 시는, 자신을 지극정성으로 돌봐준 아내가 없었더라면 결코 씌어지지 못했을 것이다.

나 하늘로 돌아가리라
새벽빛 와 닿으면 스러지는
이슬 더불어 손에 손을 잡고,

나 하늘로 돌아가리라
노을빛 함께 단둘이서
기슭에서 놀다가 구름 손짓하면은,

나 하늘로 돌아가리라
아름다운 이 세상 소풍 끝내는 날,
가서 아름다웠더라고 말하리라.
　　─「귀천」전문

　삶의 소풍을 끝내고 하늘로 올라가 삶이 아름다웠다고 말하는, 심금을 울리는 천상병의 시는 목순옥의 이타적인 사랑에 대한 아름다운 화답가(和答歌)이다.

천상병 생각

이승하

인사동 거리 걸어갈 때 마주치는 찻집
내 그대 살아생전의 얼굴 본 적은 없네

그대 반평생 제정신으로 살다
반평생 넋 나가 살았다는 얘기며
술잔만큼의 웃음과
담배 개비만큼의 구걸
소문으로 들어서 알고 있을 뿐

시인으로 살아가기 부끄럽고 한심스러워
'歸天' 간판 못 본 듯 발걸음 옮기네
천상의 시인이었으면 무엇하나
지상의 병든 몸이었던 것을
그대 애꿎게 당한 세 차례의 전기고문과
생전의 유고시집 『새』 이후
황폐한 나날에 쓴 시들이 쨍그랑!

내 혼을 깨뜨리네
아프고 또 아픈 몸으로
소풍 나온 아이처럼 웃고 또 웃다가

하늘로 돌아간 그대 생각에
나 부끄러워 그 집 앞
얼른 지나쳐 가네.

2부.

狂

미치도록

한평생 내내
지속한 짝사랑

찰스 램과 앤 시몬스

찰스 램

짝사랑을 해보지 않은 이는 사랑을 모르는 사람이라고 나는 감히 말하고 싶다. 그 사람은 나를 조금도 마음에 두지 않는데 나는 하염없이 그리워한다. 간절한 그리움으로 말미암아 사랑하는 이가 꿈에도 나타나고, 먼발치에서 보아도 가슴이 마구 두근거린다. 어쩌다 그 사람과 말 한마디라도 나누게 된다면 말도 더듬게 되고 얼굴이 화끈거려 얼굴도 제대로 못 든다. 첫사랑도 그렇지만 짝사랑도 대개 이루어지지 않기에 애절하고 간절하다.

영국의 대표적인 수필가이며 비평가인 찰스 램도 짝사랑으로 한평생 가슴을 태운 사람이었다. 그는 어릴 때부터 매사에 자신감이 없었고 말도 심하게 더듬었다. 그 때문에 학교생활도 정상적으로 할 수 없어 열다섯 살도 되기 전에 그만두고는 동인도회사 경리부에 입사하여 서기로 일했다. 이런 그에게는 외할머니가 가정부로 일하고 있는 하트포드샤이어의 저택에서 휴가를 보내는 것이 제일 큰 행복이었다.

그러던 어느 날 그에게 운명적인 일이 일어난다. 하트포드샤이어의 저택에서 앤 시몬스라는 여인을 만난 것이다. 앤 시몬스는 평범한 시골 처녀였지만 램은 그녀를 깊이 사랑하게 되었다. 그 사랑은 램에게 있어 첫사랑이자 가슴 아픈 짝사랑이었다. 램은 몇 년 동안 앤 시몬스를 마음속으로만 그리워했다. 그러다 일생일대의 용기를 내어 사랑을 고백했다. 하지만 그 사랑은 받아들여지지 않았다.

앤 시몬스는 말도 더듬고 학벌도 신통치 않아 계속 수습사원으로 있는 열아홉 살의 램이 마음에 들지 않았다. 하지만 실은 램의 고백을 거절한 더 큰 이유가 있었다. 바로 그 무렵 램한테 아무 예고 없이 정신병이 찾아와 입원을 하게 된 것이다.

램의 집안은 정신병이 유전적으로 이어지고 있었다. 램이 정신병원에서

의식을 회복하고 보니 자신이 6주 동안 길길이 날뛰며 사람을 물어뜯는 등 악몽 같은 시간을 보낸 것이 아닌가. 앤 시몬스는 이런 램을 도저히 받아들일 수 없었던 것이다. 그러나 램은 평생 동안 그녀를 연인으로 마음 깊이 담아두고 살아간다.

메리 램

얼마 뒤 집에서 끔찍한 살인사건이 일어난다. 램의 아버지는 그때 치매 상태였고 어머니 또한 병석에 오래 누워 있던 중이었다. 갑자기 발작을 일으킨 램의 누이동생 메리가 칼로 어머니를 찔러 죽이고 아버지한테 중상을 입히는 참극이 벌어진 것이다. 1796년 9월 22일의 일이었다.

메리는 집안 내력에 정신질환이 있기에 무죄 선고를 받았지만 언제 병이 재발할지 모른다는 두려움에 떨며 평생을 살아가게 된다.

이 일이 있은 뒤 램은 누이의 간호를 위해 평생을 독신으로 살아가기로 결심한다. 그날 이후 남매는 서로에게 의지하면서도 정신적 불안에서 한순간도 벗어나지 못하게 된다. 발작을 시작한 누이를 자신의 팔에 묶어 병원을 드나드는 처절한 생활을 해야만 했다.

하지만 다행히도 램의 재능이 글 쓰는 데서 나타난다. 암울한 현실과 마음속에 간직한 사랑의 아픔을 오직 글로만 승화시킨 것이다. 세계 수필문학의 명작 『엘리아 수필선』은 그렇게 해서 탄생된다. 『엘리아 수필선』을 보면 자신의 현실 생활과 밀접한 이야기를 하면서도 인간적 고뇌와 슬픔 대신 재미있는 상상과 해학, 인생에 대한 깊은 이해가 넘친다.

램의 누이도 정신질환으로 고생을 했지만 평소에는 우아한 품격을 갖춘 재원으로서 문학적 감성의 소유자였다. 남매가 함께 셰익스피어의 희곡을 소설로 번안한 『셰익스피어 이야기들』 또한 영문학사의 명작으로 평가된다.

램은 젊은 날의 첫사랑이며 짝사랑의 대상이었던 앤 시몬스를 평생 잊지 못해 수필을 쓸 때는 앨리스 윈트톤이라는 이름으로, 시에서는 앤나라는 이름으로 등장시킨다.

『엘리아 수필선』 가운데서도 걸작으로 꼽히는 「꿈속의 아이들」은 젊은 날의 사랑 앨리스, 바로 앤 시몬스를 회상하며 쓴 글이다. 그는 자신의 사랑이 어긋나지 않아 앤 시몬스와 결혼을 했더라면 혹시 태어났을지도 모를 두 아이의 앞에서, 돌아가신 큰할아버지와 할머니에 대한 이야기를 들려주는 내용으로 이루어지지 못한 사랑에 대한 뼈아픈 회한을 표현하였다. 그 감회가 참으로 비감하여 이 작품은 영문학사에 빛나는 불멸의 작품이 되었다.

램의 첫사랑은 끝끝내 냉담하였다. 결혼한 그녀는 램이 아무리 문명을 얻어도 그의 이름을 한 번도 입 밖에 내지 않았다. 램은 수시로 발작을 일으키는 누이를 극진히 돌보며, 술과 담배를 벗 삼아 글을 쓰며 살다 나이 예순에 숨을 거두었다. 아마 임종한 그날까지도 앤 시몬스를 그리워했을 것이다.

참으로 신비로운
삼각관계

마야코프스키와 브릭 부부

마야코프스키

사랑은 우리의 상식과 이성적 판단을 뛰어넘도록 이끈다. 여기 한 여인과 그녀의 남편과 남자친구, 이 세 사람의 삼각관계가 셋 중 한 사람이 죽는 날까지 깨지지 않고 지속된 경우가 있다. 남편이 멀쩡히 살아 있는데 남자친구가 죽었다고 1년 동안이나 상복을 입은 여인의 이야기가 있다. 그것은 바로 역사상 유례를 찾을 수 없는 기이한 관계라고 할 수 있는 릴리 브릭과 그녀의 남편 오십 브릭, 그리고 소련 혁명기의 대표적인 시인 마야코프스키 사이의 삼각관계다.

20세기 전반기 소련의 가장 유명한 시인을 꼽으라면 당연히 마야코프스키를 들어야 할 것이다. 그가 서른일곱 젊은 나이에 권총 자살로 생을 마칠 때까지 가장 사랑했던 여인은 유부녀 릴리 브릭이었으며, 가장 신뢰했던 친구는 그녀의 남편인 문학평론가 오십 브릭이었다. 그가 자살한 이유는 삼각관계가 깨졌기 때문이 아니다. 유서에 "릴리, 나를 사랑해주오"라는 말이 적혀 있는 것으로 보아 그는 죽는 순간까지 릴리의 사랑을 갈망하였다.

모스크바 미술학교를 다니던 마야코프스키는 같은 학교 후배인 열여섯 살의 귀여운 엘자에게 관심을 갖고 졸졸 따라다녔다. 그런데 여러 번 무작정 찾아간 엘자의 집에서 그녀의 언니 릴리를 본 순간 그의 사랑은 릴리에게로 향하게 되었다. 하지만 릴리는 이미 결혼을 했고, 그 집에는 마침 릴리의 남편도 와 있었다. 그러나 사랑에 눈먼 마야코프스키에게 그런 것들이 문제가 되지는 않았다.

'낯설게 하기'라는 용어를 만들어 러시아형식주의의 성립에 지대한 공헌을 한 문학이론가 슈클로프스키는 마야코프스키가 릴리에게 첫눈에 반한 순간을 이렇게 기술하였다.

"그는 첫눈에 그녀를 사랑했다. 그러고는 영원토록. 사실 죽는 순간까지도 그랬으니까. 이렇게 해서 그녀에 대한 사랑의 시가 시작된 것이었다."

어느 날 엘자는 마야코프스키를 데리고 릴리 부부가 사는 아파트를 방문했다. 그 무렵 마야코프스키는 미술학교 선배의 칭찬에 고무되어 시를 열심히 습작해 장시 「바지를 입은 구름」을 완성해놓고 있었다. 그날 마야코프스키는 자신의 시를 모두에게 들려주었다. 그 시를 들은 릴리 부부는 그날로 마야코프스키에게 완전히 매료되어 아내는 평생의 애인이, 남편은 평생의 후견인이 된다.

마야코프스키와 브릭 부부

엘자는 그날(1915년 7월 15일)의 일을 이렇게 회고하였다.

"언니와 형부가 그의 시에 보여준 반응은 열광적인 것이었다. 그들은 그의 시를 맹목적으로 사랑하게 되었다."

세 사람이 처음 만났을 때, 브릭이 스물일곱, 릴리가 스물넷, 마야코프스키가 스물두 살이었다. 한창 신혼 재미에 깨가 쏟아질 젊은 부부 사이에 끼어든 20대 초반의 시인 지망생. 그것은 당연히 불륜이었다. 이혼이든 이별이든 사랑의 종말 또한 당연히 와야 했지만 이들 세 사람의 관계는 그렇지 않았다.

아무튼 너무나 기이한 삼각관계가 시작되었다. 세 사람은 한 집에 살게 되었다. 당연히 세상 사람들은 이 일을 좋지 않게 보았고 말들도 많았다. 하지만 시간이 지나면서 사람들은 이들에 대해 더 이상 아무 말도 하지 않았다. 한 사람은 그 나라를 대표하는 시인이 되었고, 또 한 사람은 잡지 편집인과 문학평론가로 두각을 나타냈고, 또 한 사람은 프랑스의 스탈 부인처럼 젊은 문학인 모임의 마담 역할을 충실히 함으로써 일약 러시아를 대표하는 명사가 된 덕분이었다.

레닌이 죽었을 때 그의 죽음을 추모하는 시를 3,000행이나 써 이름이 더욱 널리 알려졌고, 쓰는 희곡마다 성황리에 공연되어 승승장구하던 마야코프스키에게 어두운 구름이 몰려들기 시작한다. 여러 차례의 해외여행이 공산주의 체제에 대한 회의를 불러왔는지도 모를 일이다. 1929년에 공연된 희곡 「빈대」는 소련의 신경제정책을 조롱하는 내용이었고, 그 이듬해에 공연된 「목욕탕」은 스탈린 치하의 관료주의를 야유하는 내용이었다. 당연히 그는 소비에트 당국과 작가동맹의 눈 밖에 나고 만다. 마야코프스키는 돌파구를 마련하기 위해 다시금 해외로 나가려고 비자를 신청했으나 나오지 않았다. 두 권력 집단으로부터 자신이 내쳐졌음을 알게 된 것이다. 그러자 절망한 끝에 1930년 4월 14일, 권총을 가슴에 대고 방아쇠를 당긴다.

릴리는 스탈린에게 탄원서를 보내 마야코프스키의 정치적 사면을 간청했다. 이에 스탈린은 "마야코프스키는 우리 소비에트 시대의 가장 재능 있는 시인이오"라고 하며 시인의 명예를 지켜주었다. 릴리가 아내의 역할을 한 것이었다.

그 이후로도 릴리는 마야코프스키의 명예를 지키는 일에 최선을 다했다. 그에 관한 모든 자료를 모아 그의 업적을 후세에 전했다. 이 모든 일들을 남편의 동의 아래, 아니 남편과 함께하였다. 이러한 기이한 삼각관계를 가능케한 것은 사랑이 아니고 무엇이었으랴.

내 첫사랑을
만인이 기억케 하리

단테와 베아트리체

헨리 홀리데이가 그린 단테와 베아트리체

첫사랑이 준 애틋한 인상을 한평생 가슴에 안고 살아가는 사람은 많다. 하지만 그 첫사랑이 남긴 아름답고 고결한 인상을 온 세상에 알리고, 700년 세월이 지나도록 사람들의 마음에서 지워지지 않게끔 한 사람은 한 명뿐이다. 이탈리아의 시인 단테는 첫눈에 반한 아름다운 소녀를 평생 잊지 못해 문학 작품 속에 부활시켜 그녀를 영원히 살아 있게 한다.

다섯 살 때 어머니를 여의고 외롭게 자라던 단테는 아홉 살 때 아버지의 손에 이끌려 이웃 마을의 지체 높은 귀족 폴코 포르티나리 집안의 잔치에 초대를 받아서 간다. 포르티나리 부부는 슬하에 5남 5녀를 두었는데 베아트리체는 다섯 딸 중에서 장녀였다. 단테는 첫 만남의 순간을 1291년에 펴낸 『신생』에서 잘 묘사하고 있다. 『신생』은 자전적인 내용인데 주로 베아트리체와의 사랑의 전말을 산문과 운문을 섞어 쓴 작품이다.

잔칫집에서 베아트리체는 눈에 띄게 예쁜 소녀였던가 보다. 기품 있어 보이는 고상한 자주색 테두리를 한 옷을 입은 소녀를 보고 그 아름다움에 충격을 받은 단테는 한 살 아래인 베아트리체와의 만남의 순간을 『신생』에서 이렇게 기술하고 있다.

> 내 마음속의 은밀한 방에 살고 있던 생명의 영혼이 몹시 떨기 시작했으므로 아주 가늘디가는 혈맥에까지 그 전율은 전해졌다. 그리고 영혼은 떨면서 말했다. "이봐요, 나보다 강한 하느님이 나를 지배하러 온 것을"하고.

단테는 아리따운 소녀의 모습에 매료되어 전율을 느꼈던 것이다. 이날 이후 단테는 소녀와 마주칠 것을 기대하며 길을 걸었고 시장에도 갔지만 만날 수는 없었다. 베아트리체가 산타 마르게리타 성당에 다니는 것을 안 단테는 성당 미사 시간이면 희망에 부풀어 갔지만 남녀가 따로 앉아 예배를 보아 만나지는 못했다.

단테는 그녀의 꽁무니만 쫓아다닐 수는 없었다. 그는 아버지의 명으로 산타크로체 수도원의 기숙학교에서 공부하게 되는데 수사학에 관심을 쏟게 된다. 라틴어 외에 프랑스어와 프로방스어에 정통했고 춤과 노래, 그림 같은 예술, 그리고 법률에도 조예가 깊었는데 이것은 뒷날 『신곡』 집필에 도움을 준다. 그는 로마 시대의 시인 베르길리우스를 존경하여 그의 시를 읽으면서 시인의 꿈을 키워갔다. 어려운 라틴어 문법과 씨름하느라 죽을 지경이었지만 구이노 귀니첼리의 시작법 책도 구입해 열독했다. 수도원에서의 공부를 대충 마친 시점인 1282년이었다. 아버지의 부음을 듣고는 '잘 됐다, 공부는 이것으로 끝' 하면서 고향 피렌체로 향했다.

집에 머문 지 1년쯤 되었을 때, 그러니까 귀향 이듬해인 1283년에 단테는 열여덟 살이 되어 있었다. 어느 날 단테는 피렌체를 가로지르는 아르노 강가에 두 여인과 함께 산책 나온 베아트리체를 우연히 만나 엄청난 충격을 받는다. 시간은 오후 3시경이었다. 이날의 상황도 『신생』에 자세히 묘사되어 있는데, 이 재회의 상황은 대단히 유명하여 헨리 홀리데이란 화가가 그림으로 그리기도 했다.

가브리엘 로세티가 그린 베아트리체

여러 해 전인 1277년 2월 9일, 열두 살의 단테는 마네토 도나티의 딸 젬마 도나티와 혼인 약속을 했다. 우리나라도 자유연애는 20세기에 들어와서야 가능한 일이었고, 그 이전에는 부모가 정혼한 대로 결혼할 수밖에 없었다. 이탈리아에서도 집안의 어른끼리 약속을 하면 자식은 그것에 따라야지 연애를 하여 결혼하는 것은 용납이 되지 않았다. 어렸을 때 양가 부모가 약속을 해두면 두 자식은 성인이 되어 혼례를 치르는 것이 당시의 풍습이었고, 단테는 사랑의 감정을 느끼지 못한 상태에서 두 살 어린 나이의 약혼자에게 반지를 끼워주어야 했다.

젬마는 통상적인 지참금의 두 배나 되는 돈을 단테의 집으로 보냈다. 일이 여기까지 진행되었기 때문에 단테는 파혼할 수가 없었다. 만약 단테가 "내가 사랑하는 사람은 따로 있습니다. 저는 젬마와 결혼할 수 없습니다"라고 말할 경우, 큰 모욕을 당했다고 생각하는 젬마의 아버지는 단테 집안의 어른에게 결투를 신청할 수도 있었다. 공교롭게도 두 집안은 토지와 주거지가 너무 가까웠고, 파놀레에 있는 농지는 서로 접해 있었다. 귀족 집안의 두 어른이 나이가 얼추 맞는 단테와 젬마를 약혼시킨 것은 당시의 관례로 보면 크게 잘못된 일이 아니었다.

약혼한 지 8년 뒤인 1285년, 그러니까 단테가 베아트리체와 강가에서 재회하고 나서 2년 뒤였다. 단테가 사랑하는 사람은 엄연히 따로 있건만 어렸을 때 양가의 두 어른이 구두로 약속하여 반지까지 끼워줬던 젬마라는 여인과 결혼식을 올린다. 두 사람 사이에 네 명의 자식이 태어나지만 단테는 자신의 어떤 작품에서도 아내의 이름을 거론한 적이 없다. 그렇다고 결혼생활이 위기에까지 이르거나 한 적은 없는 것 같다. 단테는 아내와 부부관계를 지속하면서도 마음속으로는 계속해서 베아트리체를 찾았던 것인데, 이것은 작품 『신생』과 『신곡』이 증명한다.

운명의 여신은 단테의 소망에 또 한 번 어깃장을 놓는다. 베아트리체 역시 아버지의 영을 거역할 수 없어 집안에서 어렸을 적에 정해놓은 시모네 데 바르디라는 사람과 1287년 후반에 결혼한 것이다. 남자 쪽에서는 재혼이었고 여자 쪽에서는 초혼이었다. 부자 집안인 그녀가 가져간 지참금은 금화 600리라로, 젬마 도나티가 알리기에리 가문에 가져간 액수의 4배나 되는 거금이었다.

운명의 여신은 두 사람이 각자 다른 사람과 결혼하게 하더니 심술을 한 번 더 부린다. 단테의 첫사랑 베아트리체가 1290년 6월 8일, 24세의 젊은 나이로 세상을 떠난 것이다. 단테가 첫 만남 이후 16년 동안 남몰래 쌓아 올린 간절한 사랑의 탑은 그날로 산산이 무너져 내린다. 사망의 이유는 돌림병에 걸려 죽었다는 것과 아기를 낳다가 죽었다는 두 가지 설이 있다. 단테는 이루어지지 못한 사랑에 내심 통곡하며 다음과 같이 시를 쓴다.

베아트리체는 갔다, 높은 하늘로.
천사들이 편히 사는 왕국에서
함께 살며 그대들 여인들을 버렸다.
그녀를 우리에게서 앗아간 것은
다른 이들의 경우와 달라, 추위와 더위
때문이 아니고 그 착함 때문이었다.
그녀의 겸손의 빛이 위대한
힘을 가지고 여러 하늘을 꿰뚫고
영원한 주님을 놀라게 하여
크나큰 행복의 세상으로 부르실 만큼
흐뭇한 소망의 주님 마음에 떠올랐던 것이다.
하계에서 주님 곁으로 부르신 것은

고통 많은 이 세상이 그렇듯 아름다운 이에겐
어울리지 않는다고 생각되셨기 때문이다.

『신생』에서는 베아트리체가 세 번째의 만남 이후 먼 곳으로 여행을 떠나
고, 죽었다는 소식을 전해 듣는 것으로 처리한다. 또한 『신생』에는 1주기가
되는 날에 느낀 비통한 심정이 다음과 같이 표현되어 있다.

울면서 내 가슴 속에서 나갔다.
슬퍼하는 내 눈 속에 여러 번이나
슬픈 눈물을 자아내는 하나의 목소리를 남기고.
그러나 몹시 괴로워하며 나갔던 이는
돌아와서 말했다. "오오, 고귀한 영혼이여
오늘이 하늘로 올라간 지 일 년째로다."

단테는 단지 몇 번 쳐다보기만 했을 뿐인데, 어떻게 베아트리체를 이렇게
까지 사랑했던 것일까? 두 사람 사이에 다소나마 '교제'가 있었던 것은 아닐
까? 하지만 서로 깊이 사귀면서 사랑을 나눴더라면 베아트리체라는 한 여인
을 '구원의 여성'으로 만들지는 못했을 것이다.
단테가 베아트리체를 어떻게 생각하고 있었던가를 가장 잘 정리하여 말
한 사람은 미카엘 데 상티스였다. 그에 따르면 베아트리체는 단테에게 "미,
덕, 지혜의 상징이고 영원한 여성의 이미지를 갖고 있는 아름답고 새로운 천
사이자 아직 인간화되지 않은 신성을 지녔으며 실현되지 않은 이성"이었다.
정치가의 길을 걸어간 단테는 당쟁의 회오리바람 속에서 서른일곱 살 무
렵 피렌체로부터 영구추방이 결정된다. 고향으로 온다면 화형에 청할 것이

라는 끔찍한 선고를 받아 그 뒤로 계속 방랑할 뿐 고향 땅은 밟지 못한다. 나그네 신세가 되어 1307년 마흔두 살 때 『신곡』 집필을 시작해 13년에 걸쳐 완성한 뒤에 바로 숨을 거둔다.

『신곡』의 '지옥편'에는 첫사랑을 잃은 뒤 타락한 생활을 하는 자신의 모습이, '연옥편'에는 영혼이 갱생하는 고통스런 과정이 반영되어 있다. 연옥을 빠져나온 단테는 '천국편'에서 젊은 시절의 연인이자 우상이었던 베아트리체를 만나 그녀의 안내로 천국을 순례한다. 마음속 깊은 곳에 40년이나 간직해온 베아트리체의 아름다운 영상을 천상의 천사로 만들어 영생케 한 것이며 작품에 등장시켜 700년을 살아가게 한 것이다. 사랑이란 이처럼 생사를 초월하게 하는 힘을 가진 것이리라.

부부의 연은
하늘이 맺어주는 것

육유와 당완

심원(沈園)에 세워진 육유과 당완의 조각상

　육유는 중국 송나라 때의 시인이다. 송은 처음에는 변경(지금의 개봉)에
도읍했지만 여진족이 세운 금나라에 쫓겨 임안(지금의 항주)으로 도읍을 옮
겼는데 변경 시대를 북송, 임안 시대를 남송이라고 한다. 육유가 세상에 태
어난 이듬해 북송은 멸망하였고, 임안으로 천도한 남송은 일시적인 평화 상
태를 이루었다. 그 당시의 재상 진회는 금나라가 너무 강성하니 싸우지 말고
눈치를 보며 지내자는 온건파였다. 그래서 힘을 키워 빼앗긴 땅을 되찾자는

주전론자들을 많이 파면하였다. 육유의 아버지도 파면당한 관원의 한 사람이었으므로 그의 주변에는 비분강개하는 선비가 많았다. 이러한 분위기 속에서 그는 애국심을 가진 시인으로 자라났다. 어느덧 주전파의 핵심 인물이 된 육유는 걸핏하면 관직을 강등당하거나 귀양살이를 했다.

육유는 기질적으로는 서정시인이었다. 인생과 자연을 놓고 미세한 현상에 눈길을 돌려 섬세한 붓으로 그려내는 송나라 시의 특징은 그의 시에서도 증명된다. 다만 청년 시절의 불운했던 혼인관계, 국가의 굴욕적인 상태, 사회의 여러 가지 모순이 그를 애국시인으로 간주하게 한 듯하다.

스무 살이 되던 해에 육유는 당완이라는 이름의 사촌 누이동생과 결혼을 했다. 그 시대에는 사촌 간의 결혼이 금기가 아니었다. 두 사람은 모두 시를 썼고, 통하는 것이 있어서 그런지 금슬이 무척 좋았다. 그런데 육유의 어머니가 당완의 집안이 가난하고 자기가 골라준 신붓감이 아니라고 처음부터 마음에 들어 하지 않았다. 육유의 어머니는 금슬이 유독 좋은 아들 부부를 못마땅하게 여기더니 날이 갈수록 며느리를 구박하는 것이었다. 이런저런 트집을 잡아 며느리를 욕하던 육유의 어머니는 이혼을 강요하기에 이르렀고, 당시의 관습상 자식이 부모의 영을 거역할 수 없었다.

이혼을 하긴 했지만 육유는 당완을 이웃 마을로 피신시킨 채, 어머니의 눈을 피해 부부의 정을 나누곤 했다. 애틋한 사랑의 날들이 얼마 이어지지 않았을 때 육유의 어머니는 이 사실을 알게 되었다. 노발대발한 것은 당연지사, 다시 내 아들을 만나면 그냥 두지 않겠노라고 엄포를 놓은 뒤 당완을 멀리 쫓아버렸다.

세월이 흘렀다. 육유는 어머니가 정해준 왕씨 성을 가진 여인과 재혼했다. 이 소식을 들은 당완도 친정 부모의 뜻에 따라 조사정이라는 이름의 문인에게 개가를 했다.

객지를 떠돈 지 8년 만에 고향인 소흥에 들른 육유는 우적사라는 절의 남쪽에 있는 심원(沈園)이라는 곳으로 바람을 쐬러 갔다. 심원은 원래 지방의 돈 많은 벼슬아치인 심씨 가문의 정원이었는데 경치가 워낙 좋아 사람들이 소풍 나오는 유원지가 되었다. 그곳에서 육유는 조사정과 그의 친구들의 나들이를 따라 나온 당완을 만나게 된다.

육유 조각상과 친필 글씨로 쓴 시

멀찍이에서 바라보았지만 금방 서로를 알아봤다. 가슴이 찢어지는 고통을 느낀 두 사람이었지만 다가가 말 한마디 나눌 수 없었다. 당완의 표정이 바뀌는 것을 본 조사정은 저 사람이 누구냐고 물어보았다. 당완은 저 사람은 전남편 육유이며, 벌써 재혼했는데 여기서 우연히 만나니 깜짝 놀랐다고 솔직히 말해주었다. 도량이 넓은 조사정은 당완을 시켜 육유에게 술과 안주를 보내는 것으로 인사를 대신했다. 육유는 사무치는 그리움을 제어하지 못하고 다음날 시를 써 조사정 몰래 당완에게 인편으로 전하니 유명한 「차두봉」이다.

> 불그스름한 부드러운 손으로 보내준 황등주(紅酥手黃藤酒)
> 성안에는 봄빛 가득, 버드나무 너울거렸지(滿城春色宮牆柳)
> 동풍이 사나워 야박해진 정(東風惡歡情薄)
> 쓰라린 마음 안고 몇 년을 헤어져 찾았던가(一懷愁緒幾年離索)
> 착잡하고 착잡하고 착잡하다(錯錯錯)
>
> 봄은 예전과 같은데 사람은 공연히 여위어(春如舊人空瘦)
> 눈물 흔적만 비단손수건에 붉게 비치네(淚痕紅浥鮫綃透)
> 복숭아꽃 지고 연못 정자 조용한데(桃花落閒池閣)
> 옛 맹세는 여전해도 비단편지 부치지 못하네(山盟雖在錦書難託)
> 막막하고 막막하고 막막하다(莫莫莫)
> ─ 「차두봉(釵頭鳳)」 전문

이 시를 받아본 당완은 전남편의 사랑을 확인할 수 있었지만 달리 어떻게 할 수가 없었다. 그래서 육유에게 애끓는 마음으로 답시를 써 보낸다. 시어머니가 자기를 미워하여 육유와 헤어지게 되었으나 시를 보니 전남편의 자신에 대한 사랑이 여전한 것이 아닌가. 그래서 피를 토하는 심정으로 시를 쓴다. '착잡하다'와 '막막하다'라는, 각 연의 마지막 행에 담겨 있는 전남편의 마음을 읽고 당완은 '어렵다'와 '숨겨야 한다'라는 말로 화답한다.

세상도 야박하고 인심도 사나워서(世情薄人情惡)
황혼에 뿌린 빗방울 꽃잎을 떨어뜨렸지(雨送黃昏花易落)
밤새 흘린 눈물 흔적 새벽바람에 말리고(曉風乾淚痕殘)
내 마음 호소하려 난간에 기대었지(欲箋心事獨語斜闌)
어려워 어려워 어려워라(難難難)

그대와 나 제각기 가정 이루어 지금은 옛날과 다르네(人成各今非昨)
오랫동안 병든 영혼 날이 갈수록 적적하기만 하고(病魂曾似秋千索)
모서리에 부는 바람 차갑고, 밤에 난간에 홀로 서 있자니(角聲寒夜闌珊)
남이 그 사연 물어볼까 두려워 눈물 삼키며 일부러 웃음 짓는다(怕人尋
問咽淚妝歡)
숨겨야지, 숨겨야지, 숨겨야지(瞞瞞瞞)
ㅡ「차두봉(화답시)」 전문

이루어질 수 없는 두 사람의 사랑의 감정이 가슴을 찡하게 한다. 지금도
소흥의 심원에 가면 두 사람이 쓴 시 「차두봉」 2편이 벽에 새겨져 있다. 위의
시를 지어 보내고 나서 당완은 집으로 돌아와 시름시름 앓기 시작한다. 당완
은 결국 자리에서 일어나지 못하고 세상을 뜨고 만다. 당완의 사망 소식에
육유는 깊은 시름에 잠긴다.

당완이 죽은 뒤 40년이 지난 어느 날이었다. 육유의 나이 어느새 75세, 백
발이 되었지만 육유는 당완이 여전히 사무치게 보고 싶었다. 젊은 시절 한때
이긴 했지만 너무나 사랑했던 아내 당완의 흔적을 더듬어 심원에 다시 찾은
육유는 비통한 마음으로 아래의 시를 짓는다.

석양의 성 위에 화각소리 애처로운데(城上斜陽畵角哀)
심원은 다 그 옛날의 누대가 아니로구나(沈園非復舊池台)
다리 아래 푸른 봄 물빛에 마음 아파오니(傷心橋下春波綠)
일찍이 놀란 기러기 그림자 비춰 날아온 곳이구나(曾是驚鴻照影來)

꿈이 깨어지고 향기 사라진 지 사십 년(夢斷香消四十年)
심원의 버들도 늙어 버들솜도 이젠 날리지 않는구나(沈園柳老不吹綿)
이 몸도 장차 회계산의 한 줌 흙이 되련마는(此身行作稽山土)
남은 자취 찾아보니 한 줄기 눈물이 줄줄 흘러내린다(猶弔遺蹤一泫然)
―「심원(沈園)」 전문

후세 사람들은 육유의 아내에 대한 사랑이 그 긴 세월에도 불구하고 조
금도 식지 않았음을 알고는 자기 일처럼 애달파한다. 이런 시를 보니 부부가
되는 인연은 하늘이 맺어준 것이 아닌가 하는 생각이 든다.

가장 아름다운
청혼의 방법

도스토예프스키와 안나 스니트키나

도스토예프스키

『가난한 사람들』, 『백치』, 『악령』, 『죄와 벌』, 『카라마조프가의 형제들』 등
영혼을 울리는 소설로 '세계 소설의 최고봉'이라 불리는 도스토예프스키. 그
러나 위대한 소설가 도스토예프스키의 삶은 40대 중반이 될 때까지 무질서

와 혼돈 그 자체였다. 그를 실패의 연속인 삶에서 구원해준 것은 안나라는 여인이었다.

멋모르고 비밀 독서회에 들어갔다가 사형 선고를 받았으나 기적적으로 감형이 된 도스토예프스키는 시베리아로 유배를 가게 된다. 시베리아에서 4년의 형기를 채운 뒤 그는 중앙아시아에서 하사관으로 군복무를 4년 정도 한다. 이미 장교로 제대한 사람에게 하사관 복무를 명했으므로 이것 자체가 엄벌이었다. 시베리아에서 군복무를 할 때 그는 술주정뱅이와 같이 살며 자식도 있는 마리아를 만나 사랑을 하게 된다.

마리아의 술주정뱅이 남편이 죽자 그녀와 결혼을 했는데 마리아는 뜻밖에 신경질이 심했다. 게다가 폐결핵에 걸려 자리보전을 하는 것이 아닌가. 결혼의 단꿈이 깨어지자 도스토예프스키는 폴리나 수슬로바라는 여인과 바람이 나 병상의 아내를 돌보지 않고 유럽 여행을 떠난다.

도스토예프스키는 어디를 가나 도박을 하며 형에게 돈을 부쳐달라고 졸라댄다. 그는 또한 빚을 갚으려고 소설을 쓰다 흥분하여 발작을 일으키곤 하던 간질병 환자였다.

남편에게 버림받은 마리아는 결국 숨을 거두었지만 도스토예프스키는 폴리나 수슬로바와 재혼할 수 없었다. 결혼 상대자로는 부적격하다고 생각한 폴리나가 도스토예프스키를 차버렸던 것이다. 그 뒤 도스토예프스키는 안나 쿠르코프스카야라는 젊은 여인에게 청혼했다 이때도 거절을 당했으니 그의 사랑은 실패의 연속이었다.

게다가 후원자인 형도 얼마 뒤에 죽고 원고료는 도박으로 탕진하여 무일푼이 되어 빚더미에 앉게 되었다. 엎친 데 덮친 격으로 최악의 위기 상황이 닥치게 되었다. 한 출판업자에게 목돈을 빌리면서 장편소설을 정해진 날까지 완성하지 못하면 위약금과 함께, 9년 동안 세 권의 작품집에 대한 모든 저

작권을 넘겨야 한다는 계약서에 서명을 한 것이었다.

그는 최후의 수단으로 속기사를 구해 구술로 4개월 동안 두 편의 소설을 쓰는 일에 착수했다. 빚을 갚기 위해 미친 듯이 소설을 썼고, 그것들이 불후의 명작이 되었으니 참으로 아이러니컬한 일이다.

안나 스니트키나

스무 살의 속기사 안나 스니트키나는 마흔다섯의 도스토예프스키를 헌신적으로 도와주었다. 시간이 지날수록 도스토예프스키는 너무나 열심히 자신을 도와주는 어린 안나가 마음에 들었다.

안나의 도움으로 소설은 기한 내에 완성되었다. 1866년 11월 8일, 도스토예프스키는 고맙다는 말을 전하려 안나의 집을 찾아갔다. 집에는 마침 안나밖에 없었다. 안나에게 고맙다는 말을 한 뒤, 도스토예프스키는 무슨 생각에서인지 새로 쓸 소설의 줄거리를 들려주겠다고 말했다. 그 이야기는 바로 자신이 살아온 인생 이야기였다. 실패로 이어진 과거지만 진심으로 털어놓는 인생 고백이었다.

"……그 예술가는 그런 위기에 처해 있을 때 당신 나이 또래의 젊은 여인을 만났어요. 그녀에게 안나라고 이름을 붙입시다. 나이 차이뿐만 아니라 성격도 많이 다른 그런 사람에게 사랑을 느낄 수 있겠소? 바로 이 지점이 당신의 의견을 묻고 싶은 대목이요"

안나는 도스토예프스키의 눈을 조용히 응시하며 이렇게 말했다.

"그게 왜 불가능한가요? 그녀가 정말 그를 사랑한다면 그녀 또한 행복할 거예요. 그 사랑을 절대 후회하지 않을 거예요!"

도스토예프스키는 안나의 말을 듣고 떨리는 목소리로 그녀에게 물었다.

"주인공이 바로 자신이라고 상상해봐요. 내가 당신에게 사랑을 고백하고 내 아내가 되어달라고 청혼한다면……. 그러면 당신은 그에게 뭐라고 말해주겠소?"

그제서야 안나는 도스토예프스키가 자신에게 청혼을 하고 있음을 깨달았다. 그녀는 차분한 목소리로 이렇게 대답했다.

"나라면 '당신을 사랑합니다. 내 생명이 다하도록 당신을 사랑하겠습니다' 라고 대답할 거예요"

인생의 나락에 떨어져 있는 도스토예프스키에게 구원의 빛이 비치는 순간이었다. 도스토예프스키는 이와 같은 방법으로 청혼을 한 것이었고 어린 안나는 존경해 마지않던 분의 청혼에 확신을 갖고 응낙한 것이었다. 당신을 위해 내 남은 생을 바치겠다고 맹세한 것이었다. 두 사람의 결혼은 도스토예프스키 생애 최대의 도박이었는데 희한하게도 그때 완성한 소설의 제목이 '도박자'였다. 이 도박은 노름꾼 소설가를 구해준다. 안나는 어떠한 고난과 가난 속에서도 남편이 소설을 쓸 수 있도록 뒷바라지하였고 결국 인류에게 구원의 빛을 전하는 소설『카라마조프가의 형제들』을 완성케 했다. 소설을 탈고한 3개월 뒤에 그는 아내가 지켜보는 가운데 숨을 거둔다.

두 사람의 사랑과 삶에 대해 문학사가 시몬스는 이렇게 적고 있다.

> 두 사람은 이 나라 저 나라 떠돌아다니며 살았고, 극심한 빈곤에 허덕이는 경우도 많았다. 젊은 아내는 이 모든 고난과 남편의 간질 발작, 끊임없는 노름, 그리고 첫아이의 죽음까지도 꿋꿋이 견뎌냈다. 남편과 남편의 천재성에 대한 헌신은 끝까지 흔들리지 않았고 변함이 없었다. 이들의 결혼은 진정한 사랑에 바탕을 둔 것이었고, 도스토예프스키의 인생에서 가장 행복한 사건이었다.

『카라마조프가의 형제들』의 첫 페이지는 헌정사다. "안나 그리고리예브나 도스토예프스카야에게 바친다." 그는 생애 최후의 소설을 아내에게 바쳤다. 두 번째 페이지에는 요한복음 12장 24절이 나온다. "밀알 하나가 땅에 떨어져 죽지 않으면 한 알 그대로 남고, 죽으면 많은 열매를 맺는다." 그는 또 생애 최고의 소설을 그리스도에게 바쳤다.

우리가 어느 별에서
내려와 만났기에

루 살로메의 연인들

루 살로메

나의 누이, 나의 신부여, 그대 사랑 아름다워라.

그대 사랑 포도주보다 달아라.

그대는 내 마음 사로잡았네,

나의 누이여, 사랑하는 신부여,

그대는 내 마음 사로잡았네,

그대의 눈빛 하나로

그대의 목걸이 하나로.

그대의 사랑은 얼마나 아름다운가,

나의 누이여, 사랑하는 신부여!

그대의 사랑은 포도주보다 부드럽고

그대의 향유 냄새는 세상 모든 향기를 압도하여라.

독일의 시인 라이너 마리아 릴케가 연인 루 살로메에게 즐겨 읽어준 성경 「아가서」의 몇 구절이다. 스물두 살의 릴케는 열네 살 연상인 루 살로메를 뜨겁게 사랑했고, 루와 헤어진 다음 「두이노의 비가」, 「오르페우스에게 바치는 소네트」 등 생애 최고의 걸작을 쏟아냈다.

그런가 하면 철학자 니체는 루에게 청혼했다가 거절당하자 극도의 절망감에 시달린 끝에 『차라투스트라는 이렇게 말했다』를 탈고했다.

그래서 사람들은 이렇게 말했다. "루와 사랑한 남자는 헤어지고 9개월쯤 지나면 책 한 권을 쓸 수 있다."고

우리에게 잘 알려진 루 살로메의 모습은 니체와 릴케의 연인, 예술가의 창작혼을 자극하는 정령, 미모와 지성을 겸비한 여성, 화려한 남성 편력가……. 대체로 이 정도였던 것 같다. 그러나 이는 그녀의 일면일 뿐이다. 살로메는

여러 편의 소설과 문학평론을 남긴 작가이고, 프로이트의 제자가 되어 심리학자로도 활동했다.

루 살로메는 1861년 2월 12일 제정러시아의 독일계 장군 구스타프 폰 살로메의 외동딸로 태어났다. 살로메가 처음 청혼을 받은 것은 열여덟 살 때였다. 마흔두 살의 러시아 황실 교사는 처자식을 버릴 결심을 하고 살로메에게 청혼했으나 그녀는 정중히 거절했다.

살로메는 열아홉 살 때 스위스의 취리히 대학에 들어가 비교종교학과 신학, 철학, 예술사 등을 공부했다. 취리히 대학은 유럽 최초로 여성에게 문호를 개방한 대학이다.

살로메는 매우 지적이고 이목구비가 뚜렷한 매력적인 여성이었다. 큰 키에 날씬한 몸매, 깊고 빛나는 눈은 지성과 감성을 돋보이게 했다. 더욱이 남을 의식하지 않는 그의 거침없는 태도는 사람들의 시선을 끌기에 충분했다.

대학에서 공부에 몰두한 탓에 각혈까지 하게 된 살로메는 휴양차 로마에 간다. 그곳에서 철학자 레를 사귄다. 레는 니체의 제자였고, 레를 통해 17년 연상의 니체를 만나게 된다.

그녀를 처음 본 니체가 "우리가 어느 별에서 내려와 여기서 비로소 만났지요?"라고 한 말은 너무나 유명하다. 단둘이 등산길에 올랐던 것을 두고 니체는 내 생애에서 가장 황홀한 꿈이었다고 뒷날 고백한다.

니체는 『차라투스트라는 이렇게 말했다』를 쓰면서 살로메를 "이 지상에서의 이상"으로 칭송한다. 니체는 살로메에게 청혼을 했으나, 살로메는 존경하지만 사랑하지 않는 니체의 청혼을 거절한다. 공교롭게도 바로 그 얼마 뒤부터 니체는 정신착란에 빠진다.

살로메는 레와 동거하게 되지만 청혼을 거절하고 2년 뒤에는 헤어진다.

마음이 지나치게 여린 레와 헤어져 베를린에서 하숙 생활을 하던 그녀에게 새로운 남자가 접근한다. 외국어 강사로 근근이 살아가던 마흔한 살의 안드레아스였다. 그는 자기와 결혼해주지 않으면 자살하겠다며 가슴에 칼을 꽂고 쓰러지는 소동을 벌인 끝에 살로메와의 결혼에 성공한다. 안드레아스는 쉰일곱 살이 되어서야 괴팅겐대학 교수가 되었으니 학문적으로 뛰어난 사람은 아니었지만 그의 저돌적인 용기에 반했던 것임에 틀림없다. 결혼 당시 살로메의 나이는 스물여섯이었다.

살로메와 릴케

결혼은 했으나 그녀의 남성 편력은 그때부터 본격적으로 시작된다. 살로메는 자유롭게 여행하고 사람들을 만나고 사랑에 빠지고 글을 쓴다.

남자의 마음을 잘 이해하고 편안하게 해주는 살로메의 대범함에 매료된 남자들은 한결같이 그녀에게 사랑을 고백한다. 의사인 사벨리와 피넬레스, 신문 편집자 레데부어 등과 여행을 함께 다니며 인생을 논하던 살로메도 어느덧 서른여섯의 중년에 접어든다.

뮌헨대학에 다니며 시를 발표하고 있던 릴케가 그녀를 만난 것은 릴케의 나이 스물두 살 때였다. 초대를 받아 방문한 어느 문인의 집에서 릴케는 살로메와 운명적으로 조우한다. 자기도 모르게 무릎을 꿇었다. 첫눈에 반한 릴케는 그날 이후 계속 편지를 보낸다.

저는 기도하고 싶은 심정으로만 당신을 보았습니다. 저는 당신 앞에 무릎 꿇을 수 있으면 좋겠다는 심정으로만 당신을 열망했습니다.

세계 문학사상 가장 고매한 정신의 소유자로 일컬어지는 릴케는 그녀를 평생토록 존경하고 흠모했다. 참으로 놀라운 일은 살로메 부부와 릴케가 함께 제1차 러시아 여행을, 나중에는 릴케와 살로메 둘이서만 제2차 러시아 여행을 떠났다는 것이다. 남편 안드레아스는 어떤 사람이었기에 아내의 끊임없는 남성 편력을 용납했던 것일까.

살로메와 릴케는 수시로 만났으며, 두 사람 사이에 오간 편지는 릴케 사후 400쪽이 넘는 책으로 출간되었다. 릴케의 문학적 성숙을 위해 살로메가 떠난 일은 아름다운 결별이었다. 릴케는 임종의 자리에서도 살로메를 보고 싶어 했다.

살로메는 릴케가 클라라라는 여인과 결혼하고(결혼 생활 2년 동안 두 사람의 펜팔도 일시 중단된다) 자기가 버린 레마저 산에서 추락사하자 무척 상심하여 심장 질환을 얻게 된다. 옛 애인인 의사 피넬레스로부터 치료를 받으면서 두 사람의 애정 관계가 회복되어 아기를 갖게 된 사연은 기가 막히다.

아빠가 될 꿈에 부푼 피넬레스의 청혼은 당연한 것이었지만 이혼할 뜻이 없음을 밝힌 살로메의 심리는 또 어떻게 이해해야 할까. 아이는 유산이 되고, 피넬레스는 고개를 절레절레 흔들며 떠난 뒤 평생 독신으로 살아간다. 그녀는 또다시 정신과의사 비에레와 사랑에 빠진다. 하지만 비에레는 살로메와 프로이트 사이에서 징검다리 역할을 했을 뿐이다.

프로이트는 자신의 제자 타우스크가 살로메를 사랑하여 자살을 했음에도 불구하고 후원자로서의 역할을 평생토록 지속한다. 그녀의 궁핍을 걱정하여 돈을 지속적으로 부쳐준 것이다. 프로이트의 서재에는 살로메의 사진이 늘 걸려 있었다.

살로메는 남편이 죽고 7년 뒤 일흔여섯을 일기로 세상을 떠난다. 새롭게 얻은 젊은 애인이 임종을 지키는 가운데.

수많은 사람의 연인으로서 사랑만 받다 간 비결이 과연 미모에만 있었을까. 릴케와 주고받은 편지 외에 『작품으로 본 프리드리히 니체』, 『프로이트에게 보내는 감사문』, 『회고록』 등 그녀의 책에는 활달하면서도 대범한 마음이 잘 그려져 있다. 이해력, 포용력 같은 매력적인 요소에 숱한 남성들이 감복했던 것이다.

첫눈에 반했다가
미쳐버리고 말다

휠덜린과 주제테 부인

프리드리히 **휠덜린**

18세기 말에서 19세기 초까지 활동한 독일의 서정시인이자 소설가인 프리드리히 휠덜린의 생애는 그 어떤 드라마보다 극적이다.

제1막은 튀빙겐대학교 신학부를 졸업하고 나서 성직자의 길을 가야 했던 그가 사제 서품을 받지 않은 데서 시작된다. 대학 시절에 그리스 신화를 성경만큼이나 열심히 읽은 휠덜린은 고대 그리스 시의 고전적 형식을 독일 시에 도입할 꿈을 가진 시인 지망생이었다. 그는 성직을 포기하고 당대 최고의 시인 프리드리히 실러의 소개로 가정교사를 시작한다.

그의 나이 26세 때였다. 두 번째로 들어가게 된 집은 프랑크푸르트의 부유한 은행가 야콥 곤타르트의 집이었다. 그의 운명은 이 집에 들어간 첫날 뒤 바뀐다.

"어서 오십시오. 아내하고 아이가 조바심을 내며 선생을 기다리고 있었소. 소개해주신 에벨 박사님은 선생님 칭찬에 정신이 없더군요."

인사말을 이렇게 한 주인 곤타르트는 곧바로 아내 주제테와 딸 앙리를 소개한다. 휠덜린보다 한 살이 많은 주제테 부인은 그때 결혼 10년째로, 이미 네 아이의 어머니였음에도 젊음과 미모를 간직하고 있었다. 휠덜린은 부인의 아름다움에 큰 충격을 받는다. 흔히 하는 말로 첫눈에 반해버린 것이다.

부인은 그 시대의 유명한 조각가 온마하트가 흉상을 만들 정도로 대단한 미인이었다. 게다가 신비스런 우아함, 예의바른 행동, 타고난 소박함 등 매력적인 요소를 두루 갖고 있어 휠덜린은 날이 갈수록 더욱더 사랑의 감정에 휩싸이게 된다.

휠덜린은 그녀에게서 그리스적인 미와 조화의 화신을 발견하였다. 부인은 휠덜린의 많은 시 속에 등장하였으며, 특히 불후의 명작 소설 『히페리온』에 디오티마(Diotima, 고대 그리스 정신의 화신)라는 그리스 이름으로 형상화되었다.

한 집에서 매일 사모하는 부인을 본다는 것은 더할 나위 없이 큰 기쁨이었으나 한편으로는 엄청난 고통이었다. 약간의 실수로도 구설수에 오를 수 있었고, 바로 실직자가 될 수도 있기 때문이었다. 횔덜린의 활화산과도 같은 연정을 부인은 곧바로 눈치채게 되었다. 우락부락하게 생긴 남편과 젊고 핸섬한 시인 사이에서 주제테 부인은 어떤 선택을 했을까?

주제테 곤타르트 부인의 조각상

비극의 제2막은 부인이 횔덜린의 사랑을 받아들인 데서 시작된다. 그녀도 그의 순수한 심성과 문학적 열정을 알고는 존경하고 흠모하였다. 두 사람의 사랑은 살얼음판 위를 걷는 것처럼 불안하기만 했다. 눈인사, 목례, 독서 토론, 산책, 티타임……. 횔덜린은 친구에게 쓴 편지에서 부인과의 관계를 "이 비참한 시대에 나눈 영원하고 행복하고 성스러운 우정"이라고 했다.

어느 날 부인은 수심 가득한 얼굴로 횔덜린에게 몇 가지 충고를 한다. 앞으로는 남들 앞에서 나를 다정하게 불러선 안 되며, 뚫어지게 쳐다봐서도 안 되고, 내 손을 잡아선 절대로 안 된다고……. 이런 식의 가슴 졸이는 사랑이 오래 지속될 수는 없는 법이다. 그들의 행복은 2년 반을 넘기고는 끝나고 만다. 두 사람이 연애하고 있다는 소문은 온 도시에 퍼졌고, 결국 곤타르트도 이 사실을 알게 된다. 그는 횔덜린에게 모욕을 주고는 집에서 쫓아냈다. 여기서 제2막이 끝나는데, 진정한 비극은 아직 시작된 것도 아니었다.

아주 예민한 신경의 소유자였던 횔덜린은 프랑크푸르트를 타의에 의해 떠난 이후 신경쇠약이 심해졌다. 불면의 날이 이어졌다.

2년 정도 부인과 은밀히 편지를 주고받았다. 다음번에 온 가정교사에게 다른 이름으로 편지를 보내면 그 편지를 몰래 전해주는 방법을 썼다. 하지만 이런 식의 소통은 고통을 심화시킬 뿐이었다. 부인을 생각하며 미칠 듯한 심정으로 쓴 시는 그대로 독일문학의 주옥편이 된다.

횔덜린은 부인과 헤어진 지 불과 4년 뒤에 친구의 편지를 통해 부인의 사망 소식을 접하고 절망의 구렁텅이에 빠진다. 그녀는 어처구니없게도 아이들도 걸렸다가 나은 풍진에 걸린 지 열흘 만에 숨을 거두고 만 것이다. 비극은 제3막으로 끝나는 것일까? 그렇지 않다.

부인의 사망 소식을 들은 것은 친구 요한나의 집에 의탁하고 있을 때였다. 횔덜린은 말없이 자기 방으로 들어가 친구가 깜짝 놀랄 정도로 소리를 지르고 주먹으로 가슴을 친다. 머리를 쥐어뜯으며 고함치고 의자를 집어 벽을 치더니 급기야 대야, 양동이, 발판 따위의 집기를 창밖으로 내던지며 발작한다.

제4막은 36년 동안이나 계속된다. 1806년에 정신이상자가 된 횔덜린은 무려 36년을 정신병원과 후견인의 집 뒤채에서 광기에 사로잡혀 살다가 죽는다. 주제테 부인과의 만남과 사랑이 없었더라면 그가 그런 식으로 생의 나락에 떨어져 살다 갔을까?

남편에게
애인이 생겼다 하여도

에밀 졸라와 알렉산드린 멜레

에밀 졸라

프랑스에 '가브리엘 엘레오노르 알렉산드린 멜레'라는 긴 이름의 여인이 있었다. 그녀는 소설가 에밀 졸라의 아내였다. 『목로주점』, 『나나』, 『제르미날』 등의 소설을 발표하면서 에밀 졸라의 작가로서의 명성은 나날이 높아갔지만 결혼한 지 5년이 지나도, 10년이 지나도, 15년이 지나도 부부에게는 아이가 생겨나지 않았다. 아이가 없자 졸라는 차츰 갑갑증을 느끼게 되었다. 도무지 사는 낙이 없다고 생각하던 에밀 졸라는 30년 연하의 여성 잔 로즈를 만나게 된다.

1888년이었다. 결혼 18년째가 되는 해로, 졸라는 그때 나이 쉰을 눈앞에 두고 있었다. 잔 로즈와 처음 어떻게 해서 만나게 되었는지는 확실히 알려져 있지 않다. 출판사 편집부 직원이라는 이야기도 있고, 졸라의 소설을 감명 깊게 읽고 편지를 보낸 독자라는 설도 있고, 집에서 부리던 하인이었다는 말도 전한다. 아무튼 졸라는 열여덟 살 처녀 로즈를 깊이 사랑하였다. 그리하여 두 사람 사이에서 1889년에 딸이, 1891년에 아들이 태어났다. 졸라의 불륜은 당연히 프랑스 전역에 소문이 났고, 그의 명성은 하루아침에 바닥으로 굴러 떨어졌다.

졸라의 아내 멜레는 한꺼번에 삼중고를 겪게 되었다. 자신이 아기를 낳지 못하는 여자라는 것이 세상에 널리 알려지게 되었고, 남편이 자기 몰래 바람을 피운 사실을 알게 되었다. 거기에 불륜의 결과 두 아기가 태어난 사실까지 알게 되었으니 그 고통이야 이루 말할 수 없는 것이었다.

다 잊어버리고 싶은 괴로운 일들이었지만 멜레는 의연히 이 사태에 대처한다. 우선 남편이 자신과 이혼하고 젊은 정부와 새살림을 차릴 마음을 먹었는지 확인하는 일이 급선무였다.

"당신의 행동을 비난할 생각은 없어요. 하지만 당신의 진심은 알고 싶어요. 제게 솔직하게 당신의 마음을 얘기해주세요. 당신이 원하는 대로 해드릴

게요."

"당신에게는 정말 죽을죄를 졌소. 하지만 당신에 대한 내 사랑은 결혼 초
나 지금이나 변함이 없소. 몇 번의 실수로 아기까지 낳게 되었으나 당신과 이
혼하고 싶은 생각은 추호도 없소."

멜레는 남편의 말이 진심이라고 믿기로 했다. 한 사람이 일평생 한 사람만
을 사랑하라고 성경에는 나와 있지만 그 말을 지키지 않은 남편을 이미 온
프랑스인들이 욕하고 있지 않은가.

에밀 졸라와 알렉산드르 멜레

그 무렵 문단에서 졸라의 위치가 불안정해진 것도 이혼을 막는 요소로 작용하였다. 졸라의 불륜 사실에 대해 세상의 비난이 거세게 쏟아진 데다 졸라이즘이라고 일컬어지던 자연주의 자체의 위기로 문단에서 그의 입지가 현저히 줄어들었기 때문이다. 인간을 실험실의 쥐처럼 여겨 유전적인 측면을 강조하고, 사회와 인간의 어두운 면을 집요하게 물고 늘어지는 현실 고발적인 졸라의 작풍이 처음에는 큰 환영을 받았다. 하지만 1887년에 발표한 소설 『대지』는 더욱 잔인하고 노골적이어서 많은 사람이 졸라를 공격하고 나섰다. 이래저래 위기에 몰린 졸라를 아내는 애써 두둔하였다.

"여보, 사람 눈도 많고 구설수도 많은 파리 생활을 청산하고 시골에 들어가 조용하게 삽시다."

졸라는 아내의 말을 따르지 않을 수 없었다. 로즈와 두 아이를 보고 싶은 마음이야 간절했지만 아내에게 자신은 죄인이었다. 그리고 작가로서의 위상도 땅에 떨어져 있음을 인정하지 않을 수 없었다.

붓을 꺾고 시골에 은거해 있으면서 그가 할 수 있는 일이란 신문을 보는 일과 아내의 허락 아래 양육비를 로즈에게 보내는 일 정도였다. 아무튼 그는 그렇게 인고의 세월을 보낸다(신문에서 우연히 유대인 장교 드레퓌스 사건 기사를 보고 의분에 차 「나는 고발한다」는 글을 발표한 뒤의 발자취는 생략한다. 그는 영국으로 망명까지 해야 했지만 자유와 인권 옹호라는 프랑스혁명의 정신을 프랑스에 정착시킨 작가로서 당당히 다시 서게 된다).

세월이 흘러 1902년 9월 28일이었다. 졸라 부부는 센 강변의 집에서 여름을 지내고 파리로 돌아왔다. 그날 밤 부부는 침실 창문을 닫은 채 난로를 피우고 잠이 들었다. 일산화탄소는 졸라를 저승으로 데려갔지만 멜레는 며칠 뒤에 깨어났다. 졸라의 장례는 온 국민의 애도 속에 국장으로 치러졌다.

멜레는 남편이 바람을 피워 낳은 두 자식을 자신의 호적에 올렸다. 자신에 대한 남편의 한결같은 신뢰와 사랑에 보답하기 위해서였다. 그래도 그것은 뼈를 깎는 아픔이었을 것이다.

나의 사랑, 나의 생명,
나의 신부 곁에서

포와 버지니아 클렘

애드가 앨런 포

세계 문학사를 살펴보면 불행했던 생애를 살다 간 사람이 너무나도 많다. 비극적인 태생, 불우한 성장기, 사회의 질시, 가난, 지병, 정치적 망명, 사랑의 실패, 부당한 평가, 이른 죽음…… 하지만 미국의 시인이자 소설가인 애드가 앨런 포의 불행은 그 모든 비극의 총화 같다.

그의 생애에 있어 최대의 행복은 어린 사촌 여동생 버지니아 클렘과의 결혼, 그리고 그녀와의 11년간의 결혼 생활, 그것이 전부였다.

미국의 젊은 법학도와 미국으로 공연하러 온 영국 여배우 사이에서 포는 태어났다. 법학도는 연애에 빠져 공부를 포기하고 무대에 나섰으나 인기를 끌지 못하자 내 길이 아니라고 생각하고 행방을 감추었다 금방 객사하고 만다.

여배우는 남편 없이 아이를 키우며 흥행을 계속하지만 얼마 못 가 병으로 죽는다. 포가 겨우 두 살 때였다. 비극의 전주곡은 이렇게 부모의 이른 죽음으로부터 시작된다.

포는 스코틀랜드계 상인이 후견인으로 나선 덕에 영국에 건너가 교육을 받게 된다. 공부를 꽤 잘해 후견인의 신뢰를 얻지만 부모 없이 객지에서 자란 탓인지 성격이 침울한 비관주의자가 되었다.

미국으로 돌아와 공부를 계속해 버지니아대학에 입학하지만 부모를 일찍 여읜 상처와 어린 날의 객지 생활은 그를 도박과 음주벽에 빠지게 해 큰 빚을 지게 된다. 후견인은 크게 실망하여 그 빚을 갚아주지 않을 뿐 아니라 학비까지 끊어버린다. 포는 방랑길에 나선다.

생활고를 해결할 수 없자 포는 군에 입대한다. 2년째 복무하고 있던 포를 후견인은 한 번만 더 도와주기로 한다. 돈으로 포를 빼낸 뒤에 웨스트포인트 사관학교에 집어넣은 것이다. 한평생 군인으로 살아가라는 뜻이었다. 하지만 제대를 앞두고 졸지에 사관학교 신입생이 되었으니 포의 생각에 이건 아니다 싶었다. 1주일 동안 모든 훈련과 수업에 빠진 포는 사관학교에서 퇴학

처분을 당한다. 후견인은 또다시 크게 실망하고 더 이상 포를 후원하지 않는다. 이제 포를 도와줄 사람은 이 세상에 아무도 없게 된 것이다.

　그때부터 포는 모든 것을 다시 시작하자는 마음으로 펜을 잡았다. 물에 빠져 지푸라기라도 잡는 심정이었다. 저승사자의 목소리와도 같이 음울한 그의 소설은 어두운 성장기와 무관하지 않다.

버지니아 클렘

조금씩 문명(文名)을 얻어가던 무렵인 1836년, 포는 보통 사람의 상식을 완전히 뛰어넘는 결혼을 한다. 열세 살 사촌 누이동생 버지니아 클렘과 정식 결혼식을 올리지 않았지만 부부로 살아가는 두 사람 관계를 사람들이 모를 리 없었다. 호적계에는 나이를 속여 신고하였다. 당연히 포는 온 세상 사람들로부터 손가락질을 받게 된다.

클렘 부인은 졸지에 숙모에서 장모가 된 충격으로 정신을 잃다시피 한다. 포는 그런 클렘 부인에게 「나의 어머니에게」라는 시를 바쳐 위로한다. 가난한 사위가 장모에게 할 수 있는 선물이라곤 시밖에 없었던 것이다.

저의 어머니—일찍 돌아가신 저의 친어머니는
오직 저 자신만의 어머니였으나 당신은
제가 극진히 사랑한 이의 어머니이십니다.
그래서 제가 옛날에 안 그 어머니보다도 무한히 소중합니다.
제 아내가 저의 영혼에겐 그 자신의 목숨보다도
무한히 더 소중했던 것과 같이.
— 「나의 어머니에게」 부분

어린 아내의 헌신적인 보살핌 속에서 포는 「어셔 가의 몰락」, 「모르그 가의 살인사건」, 「검은 고양이」, 「황금충」 등 추리소설의 원조격인 소설과 포의 이름을 영원히 빛낼 명시 「갈가마귀」 등을 연이어 발표한다.

남편이 글을 쓸 수 있게끔 온갖 궂은일을 마다하지 않고 하던 아내 클렘은 1847년 1월, 폐결핵이 악화되어 피를 토하고 죽는다. 클렘은 혹한 속에서 담요도 없이 짚을 깐 침대에서 부들부들 떨다가 눈을 감았다. 극한적인 가난이 스물네 살밖에 안 된 클렘을 하늘나라로 보내버린 것이었다. 포에게 아내 클렘은 이 지상에 존재하는 가장 아름답고 청순한 여인이자 시적 영감을 불어넣어 준 뮤즈였다. 뮤즈는 포로 하여금 「헬렌에게」, 「애너벨 리」, 「리지아」, 「애니를 위하여」 등 감동적인 서정시를 쓰게 했으나, 서른여덟 나이의 포를 남겨두고 사라져버렸으니……

이때부터 포는 삶에 대한 희망을 완전히 팽개쳐버리고 술과 아편에 의지해 살아간다. 아니, 죽음을 재촉한다.

1849년이었다. 포는 리치먼드에 살고 있는 어린 시절의 친구이자 자산가의 미망인이 되어 있는 여인과 서둘러 약혼을 한다. 결혼식 준비 관계로 고향 볼티모어로 가면서 포는 자신의 죽음을 예감한다. 먼저 저승으로 간 아내 클렘이 재혼을 용서하지 않을 거라는 생각에서였을까. 고향 마을 어느 부인의 생일 파티에서 축배를 든 뒤 연거푸 술을 마시기 시작해 인사불성이 된 후 병원으로 옮겨졌으나 숨을 거두고 만다. 아내가 죽은 지 정확히 2년 9개월 뒤였다.

포와 클렘, 저승에서 다시 만난 두 사람은 얼마나 서로를 사랑했을 것인가. 포가 죽은 지 170년이 지난 지금 나는 포의 애절한 연시를 가슴의 '울림'과 영혼의 '떨림' 없이 읽을 수 없다.

달도 내가 아름다운 애너벨 리의 꿈을 꾸지 않으면 비치지 않네
별도 내가 아름다운 애너벨 리의 빛나는 눈을 보지 않으면 떠오르지 않네
그래서 나는 밤이 지새도록
나의 사랑, 나의 사랑, 나의 생명, 나의 신부 곁에 누워만 있네
바닷가 그곳 그녀의 무덤에서
파도 소리 들리는 바닷가 그녀의 무덤에서……
— 「애너벨 리」에서

3부.

熱

뜨겁게

사랑에는
이유가 없다

보들레르와 잔느 뒤발

샤를르 보들레르

샤를르 보들레르는 프랑스를 대표하는 시인이자 19세기의 가장 위대한 시인으로 일컬어진다. 뿐만 아니라 '상징주의'라는 문예사조의 문을 열어 20세기 세계 문학의 전개에 지대한 영향을 미친 시인이다. 하지만 그가 한 사랑은 어쩌면 그렇게 바보 같았을까.

보들레르는 자신을 끔찍이 사랑해주시던 아버지가 여섯 살 때 세상을 떠나자 마음에 큰 상처를 입는다. 아버지가 돌아가신 지 얼마 안 되어 어머니는 재혼을 하였고, 이로 인해 마음의 상처는 나날이 깊어만 갔다.

보들레르는 고등학생이 되자 반항심이 솟구쳐 걸핏하면 학교 규율을 어기는 문제아가 되었다. 마음을 나눌 친구 하나 없었고 관심을 가져주는 선생님도 없었다. 비행 청소년이 되어 밤거리를 헤매고 다니며 돈을 물 쓰듯이 썼다.

교장 선생님이 몰래 교실 뒤에 와서 수업 참관을 하던 날 친구와 메모 쪽지를 던지며 장난을 치던 보들레르가 들키는 일이 일어난다. 친구가 쓴 메모 내용은 아마도 선생님을 놀리는 것이었으리라. 그 쪽지를 갖고 나오라는 교장 선생님의 명령이 있자 보들레르는 친구의 비밀을 지켜주고자 그 쪽지를 씹어 삼킨다. 교장실로 불려가서도 사과를 하지 않고 뻗대다가 결국 퇴학당한다. 하지만 독학으로 바칼로레아 시험(일종의 검정고시)에 합격, 부모님의 바람대로 파리 법과대학에 들어간다.

그러나 의붓아버지의 기대는 계속 이어지지 못한다. 공부는 하지 않고 밤거리를 돌아다니며 방탕한 생활을 하자 의붓아버지는 정신을 차리라고 보들레르를 먼 인도로 보낸다. 배가 풍랑을 만나서 들르게 된 섬에서 3주쯤 있다가 고집을 부려 프랑스로 되돌아오자 보들레르는 그때부터 '내놓은 자식'이 된다. 가족과 친척과 이웃 등 모든 주변 사람이 그를 외면했다. 이로 인해 그의 외로움은 더해만 간다. 이런 그에게 외로움을 달래기 위한 단 하나의 탈출구가 있었으니 바로 시였다.

잔느 뒤발 사진과 보들레르가 그린 잔느 뒤발

　이 무렵 보들레르는 극단에서 단역을 맡고 있는 잔느 뒤발이라는 여성을
알게 되었다. 프랑스 식민지에서 태어난 흑백 혼혈 여성으로, 알고 보니 밤
거리 여인이었다. 보들레르는 육감적인 이 여인에게 완전히 반해 구애를 하
지만 뒤발은 사랑을 쉽게 허락하지 않고 속만 끓이는 것이었다. 그녀가 원한
것은 보들레르의 사랑이 아니라 돈이었다. 교묘한 방법으로 보들레르의 구
애를 거절하면서 보들레르의 재산을 자기 것으로 만드는 데 혈안이 되었다.
주로 집안 얘기를 하면서 누가 아프다, 누가 돈이 없어 결혼식도 못 올리고
있다, 학교를 그만두게 되었다면서 눈물로 호소하는 식이었다. 뒤발의 말은
새빨간 거짓말이었지만 보들레르는 확인도 해보지 않고 큰돈을 건네곤 했다.

보들레르는 돌아가신 아버지가 물려준 유산 10만 프랑 가운데 4만 4,500 프랑을 2년 사이에 탕진하였다. 본인이 경매에 나온 미술품을 구매하고 고급 요리를 사 먹고 고급 양복을 맞춰 입는 등 흥청망청 쓴 것도 있었지만 뒤발에게 상당액을 갖다 바쳤기 때문이었다.

'저 녀석을 저대로 두었다가는 유산을 몽땅 날려버리겠다'는 불안감에 의붓아버지와 어머니가 소송을 제기했고 보들레르는 한정치산자 선고를 받는다. 그 뒤로는 유산의 극히 일부분만을 쓸 수 있게 되어 보들레르는 평생 가난에 허덕이며 살아가게 된다.

보들레르는 어릴 때 아버지를 잃고 어머니의 사랑도 받지 못해서인지 모성에 대한 갈망이 컸다. 당대 최고의 미인으로 일컬어지던 사바티에 부인에게 구애의 편지를 계속 보내다가 부인이 감동하여 사랑에 응하자 그 시점에서 절교해버린다. 만나면서 교제할 자신이 없었던 것이다. 그 뒤 여배우 마리 도브룅과 사귀면서 시적 영감을 얻지만 연인 관계로는 발전하지 않는다. 보들레르가 평생을 지속한 사랑은 요구만 해대는 잔느 뒤발이었다. 보들레르에게 있어 자신이 '검은 비너스'라고 애칭까지 지어준 뒤발에 대한 사랑만이 헌신적이었고 전폭적이었다.

30대 말에 중풍이 올 만큼 방탕한 생활을 하는 뒤발을 보들레르는 광적으로 사랑하며 구애의 시를 연이어 바친다. 40대에 들어 뒤발이 입원하게 되자 보들레르는 입원비를 대고 그녀를 돌볼 간병인까지 구해준다. 보들레르가 그녀를 얼마나 사랑했던가는 어머니한테 쓴 편지가 증명하고 있다.

이 여인은 나의 유일한 위안이며 쾌락이고 친구입니다. 갖가지 파란을 겪으면서도 이별하겠다고 생각한 적은 한 번도 없었습니다. 지금까지도 아름다운 물건이나 경치를 보면 그 여인을 연상하게 되어 제 스스로 놀라는 것입니다. 나는 왜 그녀와 함께 이 물건을 사지 못하고 저 경치를 그녀와 함께 보지 못하는가 한탄하는 것입니다.

뒤발은 보들레르로부터 어떻게 해서든 돈을 빼내려 했기 때문에 보들레르는 예술가로서 마음의 안정을 누릴 수 없었다. 그럼에도 뒤발에 대한 보들레르의 사랑은 변함이 없었으니 참으로 불가사의한 사랑이었다.

어느 날 뒤발이 보들레르의 눈앞에서 사라진다. 중풍으로 고생하다 알코올 중독자가 되어 요양원에서 죽었다는 소문이 한동안 파리에 떠돈다. 소문을 들은 바로 그 시점에서 보들레르의 시인으로서의 생명도 끝난다. 사랑하고 증오할 대상을 잃어버린 시인은 산책길에 쓰러져 반신불수가 되고 실어증까지 와 병원에서 1년여를 고생하다 사망한다. 그때 보들레르의 나이 마흔여섯 살이었다.

마르지 않는
사랑의 샘물

괴테와 레베초프

괴테와 레베초프

세계 문학사를 수놓으며 명멸해간 수많은 문학인 가운데 가장 뛰어난 이를 가리키는 '문호'라는 별칭을 부여받은 이로 러시아의 톨스토이와 독일의 괴테를 들 수 있다. 괴테는 독일이라는 한 나라를 대표하는 작가이기도 하지만 질풍노도의 시대와 고전주의, 낭만주의 어느 사조를 놓고 보아도 뛰어난 작가이다. 1999년, 그의 탄생 250주년을 독일뿐만 아니라 세계 곳곳에서 기념한 것으로도 작가적 명성을 확인할 수 있다.

괴테의 사랑은 수많은 명작의 밑거름이 되었다. 20대 초반의 젊은 나이에 약혼자가 있는 샬로테 부프라는 여인을 사랑하여 그 고민을 소설로 승화시킨 것이 유명한 『젊은 베르테르의 슬픔』이다. 첫사랑의 홍역을 치른 뒤 괴테는 궁정 관리인의 부인인 슈타인 부인을 만나 사랑을 느끼지만 가정을 가진 그녀와의 사랑은 늘 일정한 거리를 둘 수밖에 없었던 플라토닉 러브였다.

괴테가 슈타인 부인에게 보낸 편지는 무려 1,500여 통이었다. 10년 넘는 세월 동안 열정을 다한 사랑이었지만 7년 연상의 부인은 늘 지적인 차원에서만 마음의 문을 열 따름이었다. 그래도 괴테는 부인 덕분에 불타는 감성을 지성의 힘으로 조절할 수 있었고, 「사냥꾼의 저녁 노래」, 「바다 여행」, 「달에게」, 「나그네의 밤 노래」 같은 시를 쓰며 사랑의 고통을 견딜 수 있었다.

이탈리아 여행을 한 뒤 정치 일선에서 물러난 괴테는 새로운 사랑을 찾아 둥지를 튼다. 하급 공무원의 딸 크리스티아네 불피우스와 결혼하여 다섯 자녀를 두게 된 것이다. 결혼 후 완숙기에 접어든 그는 왕성한 집필 활동을 전개한다.

세월이 흐르고 흘러 괴테의 나이 일흔두 살이 되었을 때였다. 그때 이미 부인은 죽었고, 아들이 결혼하여 세 자녀를 두었으니 괴테는 손자와 손녀의 재롱을 보며 즐거워하는 할아버지였다. 그런데 바로 그때 괴테의 인생에 있어 대전환이 일어난다. 열일곱 살 소녀 울리케 폰 레베초프를 보고 사랑에 빠진 것이다. 그러다 그녀가 열아홉 살이 되었을 때 청혼까지 하게 된다. 일흔네 살 할아버지가 열아홉 처녀에게 한 청혼이라……

괴테는 자신의 오랜 휴양지 마리엔바트의 세력가인 브뢰지케의 집에 머물고 있었다. 브뢰지케의 딸은 일찍 과부가 되었지만 세 딸을 두고 있었다. 장녀 레베초프는 슈트라스부르크의 학교 기숙사에 있다 방학이 되어 집으로 왔다. 그렇게 해서 할아버지의 친구인 괴테를 만나게 되었다. 문학에 별 관심이 없던 그녀는 괴테가 대단한 작가임을 몰라보고 훌륭한 학자 정도로만 여기며 철없는 말을 늘어놓곤 했다.

Ulrike v. Levetzow mit Mutter und Schwestern im Jahre 1822.

레베초프의 어머니와 자매들

　명예직이긴 하지만 추밀고문관이란 높은 직함을 갖고 있는 괴테와 십대 소녀 레베초프는 어느 날 저택 앞 벤치에 앉아 이야기를 나누었다. 슈트라스부르크에 추억이 많은 괴테는 소녀에게 이것저것 묻는다. 그 도시의 이모저

모를 종알종알 종달새처럼 얘기하는 소녀와 50년 전 추억을 더듬는 노신사 괴테. 대화의 즐거움을 제공한 소녀에게 괴테는 며칠 후 책을 한 권 선물한다.

"어휴, 책이 무척 두꺼운데요. '빌헬름 마이스터의 편력 시대'라……. 제목이 어렵네요."

"최근에 낸 책이란다. 지금은 제2부를 구상 중이지."

그 뒤 무도회에서 춤을 추는 레베초프를 보는 괴테의 눈길은 예사롭지 않았다. 괴테는 레베초프와 가볍게 하는 볼 키스에도 전율을 느끼곤 하였다. 결국 괴테는 의사를 찾아갔다. 괴테는 지금 나이에 결혼을 하면 몸에 해로운지 조심스럽게 의사에게 물었다. 걱정 말라는 의사의 말에 자신감을 얻은 괴테는 친구 칼 아우구스트 공작에게 자신의 연애 감정에 대해 털어놓았다.

"아직도 젊은 아가씨를 밝히다니 노망이네 노망이야."

괴테의 말을 들은 친구는 놀라움을 금치 못했다. 괴테는 친구에게 브뢰지케의 딸 집을 방문해서 청혼의 말을 전해달라고 부탁한다. 아우구스트 공작은 간곡히 부탁하는 친구를 위해 브뢰지케의 집에 가서 친구의 청혼을 전했다. 당연히 소문이 파다하게 퍼졌다. 레베초프에게 한 청혼에 가장 격분한 이는 괴테의 아들이었다. 아들은 불같이 화를 내며 아버지가 정말 그 소녀와 결혼을 하면 창피해서 이 도시에서는 살 수 없으므로 베를린으로 이사를 가겠다고 했다. 괴테의 사랑은 물론 이루어지지 못했다. 자신의 나이를 참담하게 인식한 괴테는 그 수모와 창피를 잊기 위해 글쓰기에 매진했다. 사랑의 실패로 인한 참담한 고통은 생애 최고의 연애시인 「마리엔바트의 비가」를 탄생시켰다. 그는 실연의 슬픔을 딛고 생의 마지막 불꽃을 피운다. 『파우스트』 제2부의 완성이었다. 그는 이 작품을 완성하고 그 이듬해에 숨을 거두었다.

기다림이
내게 고통만은 아니었소

발자크와 에블린 한스카

발자크

지금처럼 통신 수단이 발달하기 전, 편지는 연인 간에 사랑을 전하는 가장 보편적인 수단이었다. 편지란 것은 참 묘해서 한 통 두 통 주고받다 보면 내 마음의 가장 깊은 곳을 보여줄 수 있다. 내 편지를 읽는 이의 반응에 대한 기대감, 편지를 받아서 봉투를 뜯을 때의 설렘…… 그 느낌은 스마트폰과 이메일로는 맛볼 수 없을 것이다.

발자크는 프랑스가 자랑하는 사실주의 소설의 개척자이자 세계 문학사에서도 '가장 위대한 소설가' 혹은 '소설의 셰익스피어'라고 일컬어지고 있다. 발자크는 한 부인과 무려 18년에 걸쳐서 펜팔을 했다. 그 긴 세월 동안 서로 만난 것은 겨우 네댓 번. 오로지 편지를 부치고 답장을 기다리면서 얼마나 가슴 저린 그리움의 몸살을 앓았을까. 국경을 넘어 띄운 편지들은 '이국의 여인에게 보내는 편지'라는 제목으로 작가 사후에 책으로 발간되었다. 분량이 두툼한 책으로 4권이나 될 정도였는데, 그의 생애와 작품을 이해하는 데 가장 중요한 자료가 되고 있다.

나이 서른에 발표한 소설 「올빼미당」으로 일거에 명성을 얻은 발자크는, 파리 시내의 여러 살롱에 빈번히 출입하면서부터 사교계에서도 유명인사가 된다. 미남인데다 젊은 문사다운 활기와 정열, 뛰어난 말재주와 박학다식함은 그를 끊임없이 염문에 시달리게 했다. 당시 프랑스는 결혼한 사람이 이성 교제를 하는 것을 두고 불륜이라고 손가락질하지 않을 만큼 개방적인 사회였다. 발자크의 주변에는 늘 귀족 가문의 여성이나 재능 있는 여류 명사가 맴돌며 구애를 해왔는데, 발자크도 바람둥이 기질이 있어 이 여성 저 여성 편력하는 나날을 보내고 있었다.

발자크가 서른세 살 때인 1832년이었다. 우크라이나 오데사에서 한 통의 편지가 날아온다. 그 지방의 늙은 지주와 결혼한 2년 연하의 폴란드 백작부인 에블린 한스카였다. 애독자라면서 수도 없이 보내는 뭇 여성의 편지 가운데서도 가장 눈에 띄는 명문이었던지 발자크는 답장을 해주었고 두 사람은 이른바 펜팔 친구가 된다.

발자크와 한스카 부인이 편지를 주고받은 지 1년쯤 지나 백작 부부는 유럽 여행을 떠나 프랑스에 들렀는데, 한스카 부인은 이때 발자크를 살짝 만난다. 편지를 통해 서로에 대한 호감을 갖고 있던 두 사람은 얼굴을 마주한 순간 사랑에 눈이 먼다. 스위스 제네바에서 두 번째 만났을 때 두 사람은 완전히 사랑의 포로가 되고 만다. 하지만 두 사람의 결혼은 한스카 부인의 이혼이 전제되어야만 했다. 빈에서 세 번째 만났을 때 한스카 부인은 이렇게 말한다.

"제 남편은 워낙 나이가 많아 그리 오래 살지는 못할 거예요. 상을 치르고 나면 우리 그때 떳떳이 결혼하기로 해요."

한스카 부인에 대한 그리움을 달래기 위해 발자크가 할 수 있는 일은 편지 쓰기뿐이었다. 그리고 부인을 만나기 전 사교계에 출입하면서 진 상당한 빚을 갚기 위해 엄청난 열정으로 소설을 썼다. 그의 소설 속에는 편지글이 종종 나오는데 한스카 부인에게 부친 편지 내용이 소설 속에 적절히 녹아 있는 것이다.

페릭스, 당신을 지나치게 사랑했어요. 저는 지금 저의 마음을 보여드려야만 하는데, 이건 얼마나 제가 당신을 사랑하고 있느냐를 알게 하기 위해서가 아닙니다. 도리어 당신이 제 마음에 입힌 상처의 깊이와 크기의 덮개를 벗고 보여드림으로써, 그로 말미암아 당신이 부담해야 될 의무의 크기를 알려주기 위해서랍니다.

그의 대표작 『골짜기의 백합』 말미에 나오는, 모로소프 부인이 페릭스에게 보내는 편지의 한 대목이다. 이러한 열렬한 구애는 1842년, 한스카 부인의 남편이 죽었을 때 이루어졌어야 했다. 발자크는 10년 동안 마음속으로만 열렬히 원했던 한스카 부인이 마침내 내 아내가 되겠구나 하며 기쁨에 겨워 어쩔 줄 몰랐다. 그런데 이상하게도 한스카 부인은 이 핑계 저 핑계 대면서 결혼을 미루는 것이었다. 발자크가 지고 있는 빚 때문에 자신에게 피해가 오지 않을까 하는 부인의 이기심이 한 사나이의 순정을 여지없이 짓밟은 것이었고, 그것은 발자크를 죽음으로 이끈다.

에볼린 한스카

이미 인쇄에 들어간 소설을 전량 파기하고 고친 원고로 새로 인쇄해달라는 식의 결벽증은 발자크가 자산가가 되는 것을 방해하였다. 그럼에도 불구하고 발자크는 부인의 마음을 돌리려고 필사적으로 노력했고, 그 고민이 깊어진 탓에 건강까지 나빠진다.

'그녀가 빚을 다 갚기를 원한다면 내가 소설을 더 열심히 쓰자.'

부인의 마음을 눈치챈 이후에 그는 하루 14~16시간씩 소설을 썼으니 건강이 더 나빠질 수밖에 없었다.

이루지 못한 사랑으로 인한 상심이 너무 커 몸까지 상했다는 소문을 접한 한스카 부인은 결국 결혼식을 올리는 데 동의한다. 부인에 대한 발자크의 사랑이 결실을 맺은 것은 1850년 3월 14일, 두 사람은 마침내 결혼식을 올린다. 부인에 대한 18년에 걸친 뜨거운 사랑이 결실을 맺은 것이다. 그렇게도 간절히 원했던 결혼생활이 시작되었으나 발자크는 5개월 뒤에 숨을 거둔다. 그 5개월도 병상에 누워 있었으니……. 사랑에 목숨을 걸었고, 그 사랑으로 인해 죽어갔던 사내, 그의 이름은 발자크이다.

한스카 백작부인은 에브 드 발자크가 되었다. 그녀는 발자크가 죽고 나서 32년 뒤에 죽는데, 남편의 전집 발간에 나섬으로써 아내의 도리를 다한 것으로 볼 수 있다. 하지만 처음에는 발자크의 문학 제자인 샹플뢰리와 동거하더니, 얼마 못 가 화가인 지구와 같이 산다. 화가와는 1852년부터 본인이 죽는 해인 1882년까지 30년을 같이 살았으니 실제적인 부부는 발자크와 에블린 한스카가 아니라 에브 드 발자크와 지구였다.

결혼하려고 소설을 발작적으로 많이 썼던 19세기 최고의 소설가 발자크, 하지만 생애만 놓고 보면 본인이 쓴 그 어떤 소설의 어떤 인물보다도 더 희극적인 인물이 바로 발자크 자신이었으니, 최고의 '인간 희극'은 본인의 일생이었다.

사랑의 실패를 딛고
일어서는 용기

예이츠와 모드 곤

예이츠

윌리엄 버틀러 예이츠는 아일랜드의 시인 겸 극작가로서 「이니스프리의 호도(湖島)」와 「쿨 호수의 백조」 같은 시로 널리 알려져 있다.

변호사의 아들로 태어나 아버지가 원하는 대학이 아닌 미술학교에 갔고, 시인이 되고자 미술학교마저 중도에 포기한 예이츠는 길들여지지 않은 망아지처럼 자유분방하게 젊은 시절을 보냈다. 스물다섯의 나이에 첫 시집을 내고 얼마 뒤, 그의 인생을 송두리째 뒤흔드는 일이 일어난다.

1889년의 어느 봄날이었다. 그날 예이츠는 영국에 반대하는 비밀결사조직의 지도자인 오리어리의 소개장을 갖고 나타난 젊은 여성 모드 곤을 처음 보게 된다. 그녀는 예이츠의 아버지 앞에서 아일랜드의 정치적 자유와 완전한 독립을 위해 우리 모두 힘을 합쳐 싸워야 한다고 열변을 토하는 것이었다. 큰 키에 창백한 얼굴, 붉은 금빛의 머릿결을 가진 미모의 여성 혁명가에게 예이츠는 완전히 매료되고 만다.

그날로 예이츠의 시에서 탐미적인 색채는 완전히 사라지고 그는 민족주의적 성향을 띤 작품을 쓰는 시인으로 거듭나게 된다. 훗날 예이츠는 그녀를 처음 본 날에 대한 기억을 이렇게 기술한다.

"바뀌었다. 완전히 바뀌었다. 내 인생의 고뇌는 그날부터 시작되었다."

모드 곤의 추종자가 되어 아일랜드 민족주의운동 단체에 가담한 예이츠는 그녀의 마음에 들기 위해 사회활동을 함은 물론 마음에 드는 시를 쓰려고 각고의 노력을 기울인다.

모드 곤도 예이츠를 줄곧 존경의 눈으로 바라보았지만 마음에 사랑의 불꽃은 일어나지 않았다. 그녀에게는 사랑보다 독립운동이 더욱 중요하고 값진 것이었다. 700년 동안이나 영국의 지배를 받아온 아일랜드를 반드시 독립시켜야 한다는 사명감에 불타는 모드 곤에게 사랑이란 한때의 사치에 불과

한 것이었다. 그녀는 대중을 몰고 다니는 웅변가였고 여성 혁명가였다. 그녀는 예이츠가 건네는 연애시에는 고개를 흔들었지만 애국심에 가득 찬 시를 읽고는 칭찬을 아끼지 않았다.

모드 곤

그녀를 향한 예이츠의 은근한 구애는 10년이나 계속되었다. 예이츠는 모드 곤을 만난 지 10년째 되는 해에 마침내 용기를 내어 정식으로 청혼한다.

"조국의 독립을 위해 우리가 부부가 되어 함께 나아갈 수는 없을까요? 그럼 힘이 곱절이 되지 않겠습니까?"

"우리는 오랜 세월 동안 절친한 친구였고 둘도 없는 동지였습니다. 하지만 나는 당신의 아내나 연인이 되고 싶은 생각은 없습니다."

모드 곤의 대답은 아주 부드러운 말투였으나 매몰찬 거절이었다. 10년 동안 기울인 노력이 한순간에 무너지자 예이츠가 크게 낙심한 것은 당연한 일이었다.

그리고 예이츠는 4년 뒤 더욱 큰 절망을 맛보게 된다. 모드 곤이 아일랜드의 독립을 위해 헌신하는 군인 존 맥브라이드 소령과 결혼을 한 것이다. 하지만 소령은 1916년, 부활절 봉기에 참여했다가 영국군에 잡혀 사형을 당한다.

남편과 사별한 모드 곤에게 다시 청혼을 하리라는 주변의 기대와 달리 예이츠는 모드 곤의 양녀 이졸트 곤에게 청혼을 한다. 구겨질 대로 구겨져 마지막 발악 같은 청혼이었으나 역시 거절을 당한다. 예이츠의 심정은 갈기갈기 찢어진다. 그리고 몇 주 뒤 예이츠는 자포자기의 심정으로, 전부터 알고는 있었지만 사랑의 감정을 느껴보지 못한 조지 하이드 리와 결혼식을 올린다.

그런데 이 결혼으로 비로소 예이츠는 평정심을 얻게 되었고 작품 창작에 몰두하게 되었으니, 사랑은 참으로 아이러니하다.

53세가 되어서야 결혼한 예이츠의 인생은 이때부터 새롭게 열린다. 가정이란 둥지가 주는 안정감은 딸과 아들의 출생, 상원의원 당선, 문학박사 학위 취득, 노벨문학상 수상으로 이어진다. 예이츠는 사랑의 실패를 딛고 문학적 성공을 가져온 흔치 않은 예를 보여준 셈이다.

달리 생각하면 예이츠로 하여금 민족의식과 사회의식에 눈을 뜨게 한 것은 모드 곤이었으므로 예이츠가 그녀에게 야속한 마음을 가질 필요는 없었으리라. 그녀에 대한 사랑의 열정을 그는 문학에 쏟아부었던 것이므로.

시련이여 오라,
사랑으로 극복하리니

카슨 매컬러스와 리브스 매컬러스

극작가 테네시 윌리엄스와 카슨 매컬러스

하늘나라로 먼저 간 리브스에게

당시 제 나이 스무 살, 세상 물정 모르는 어린아이와 같았어요. 당신의 청혼을 받아들여 결혼하긴 했지만 우리는 허구한 날 티격태격 싸우기만 하는 철없는 부부였지요. 우리의 결혼생활은 미운 정 고운 정이 들 만큼 길지 않았습니다. 그나마 한 번 이혼까지 했다가 재결합하는 특별한 경험을 하기도 했었지요.

이혼 서류에 도장을 찍고 남편 없이 살아보니 외롭고 여러 가지로 불편하더군요. 당신도 그랬겠지요. 당신이 먼저 연락을 했고, 우리는 서로에게 용서를 구하고 다시 함께 살았지요. 요즘은 이혼을 하고 보니 영 불편하여 다시 혼인신고를 하는 부부가 제법 있다고 하는데 그 당시만 해도 그런 경우는 아주 드물었어요. 그래서 세상 사람들은 우리 부부를 묘한 눈빛으로 쳐다보며 수군대기도 했지요. 현저한 성격 차이, 저의 자격지심과 당신의 이해 부족 등 갖가지 이유로 우리는 자주 다투었지만 얼마간의 별거 기간이 약이 되었는지 우리는 뒤늦게 인내하는 법과 상대방을 이해하는 법을 배울 수 있었습니다.

저는 지금 당신과의 만남, 연애 시절의 에피소드, 짧은 결혼생활과 이혼, 재결합과 사별로 이어지는 스토리를 이야기하고자 펜을 든 것이 아닙니다. 한 사람의 소설가로서 목숨을 바쳐 글을 써온 제 생에 대해 당신한테 얘기하고 싶어 책상머리에 앉았습니다.

인명은 재천이라고 했던가요. 한평생 병을 달고 산 저보다 당신이 먼저 세상을 떠났으니…… 저는 어렸을 때 몸이 약해 자주 앓아 누웠어요. 그 몸으로 피아노를 친 것은 가히 기적이었습니다. 제 꿈은 피아니스트가 되는 것이었습니다. 고등학교를 졸업한 뒤 줄리어드 음대에 입학하고자 뉴욕으로 갔습니다.

카슨 매컬러스와 리브스 매컬러스 부부

뉴욕에 도착한 바로 그 다음날, 지하철에서 등록금으로 마련한 돈을 몽땅 잃어버렸습니다. 이것이 제 인생 첫 번째 시련이었습니다. 어릴 때부터의 꿈이 무너져 상심해 있을 때 불현듯이 제 글재주를 인정해주었던 학교 선생님들이 생각났습니다. 다시 용기를 내어 글을 써볼 작정을 하고 뉴욕에 그냥 머물러 있기로 했죠. 낮에는 여러 일을 하며 돈을 벌고 밤에는 뉴욕대학 야간반에 나가 문학수업을 받기 시작했습니다.

그 이후 당신과의 만남과 결혼, 3년 뒤인 스물세 살 때 처음 쓴 장편소설 『마음은 외로운 사냥꾼』의 대성공, 계속해서 쓴 소설에 쏟아진 평론가들의 찬사…… 이것은 어두운 제 삶에 쏟아진 눈부신 햇살이었지요.

제가 외로운 사람들의 내면세계에 천착했던 이유를 당신은 알고 계시지요? 정신적 소외와 고독, 사랑의 상실과 방황은 제 작품의 일관된 주제라고 할 수 있는 것들입니다. 벙어리, 곱추, 알코올 중독자, 백혈병 환자 등 제 소설의 주인공들은 바로 제 모습의 변형이었습니다.

당신과 결혼한 이후 뇌일혈 증상이 나타나기 시작했습니다. 스물아홉 살에 왼쪽 몸에 마비가 와 그때 이후 휠체어에 앉아 살아가게 되었지요. 몇 차례의 수술에도 불구하고 몸은 자유롭지 못했어요. 저는 당신의 도움으로 한 손으로 타자를 치며 작품을 썼습니다.

그러다 정말 상상도 못했던 일이 일어났습니다. 당신이 세상을 떠나게 된 것입니다. 그 충격과 슬픔을 이기지 못하고 있는데 곧이어 어머니의 죽음이 뒤를 잇더군요.

세상에 홀로 남은 제가 할 수 있는 일은 소설을 쓰는 것밖에 없었습니다. 하지만 침대에 누워서조차 타자를 칠 수 없는 상황이 되었습니다. 사람을 구해 제가 말하는 것을 받아쓰게 하여 소설을 썼습니다. 불구인 제가 제 존재를 증명할 수 있는 것은 오직 하나, 소설을 쓰는 것이었기에 이를 악물고 소설을 써나갔습니다.

사랑하는 리브스! 지칠 대로 지친 제 몸과 마음을 돌보느라 참 힘들었죠? 당신이 하늘나라로 간 이후 저는 정말 견딜 수 없는 슬픔으로 하루하루를 보냈습니다. 글을 쓰고 싶은데 몸이 마음을 따르지 않으니 미칠 것만 같았습니다.

당신이 살아 있을 때는 그 분노와 짜증을 저는 당신에게 쏟아부었지요. 정말 미안해요. 당신이 참다 참다 기진맥진하여 제 곁을 떠나갔을 때 저는 당신을 잡을 수가 없었어요. 당신의 마음을 충분히 이해했거든요. 그런 당신이 제게 다시 돌아온 것에 대해 지금도 감사하게 생각하고 있습니다.

당신이 너무 보고 싶어요. 우리 하늘나라에서 다시 만나 못 다한 사랑 열심히 하기로 해요. 거기서는 제 몸이 자유로우면 좋겠습니다. 당신을 더 이상 힘들게 하지 않도록······.

(미국 남부를 대표하는 작가 카슨 매컬러스는 나이 쉰에 뇌일혈로 사망하였다.)

사랑은 온몸을 던져서
하는 것이다

D.H. 로렌스와 프리다

로렌스

『아들과 연인』과 『채털리 부인의 사랑』을 쓴 영국의 소설가 로렌스는 자신이 쓴 그 어떤 소설 속의 사랑보다 더 드라마틱한 사랑을 한 사람이다.

로렌스는 1885년, 영국의 중부 노팅엄시(市) 근처 탄광촌에서 태어났다. 3남 2녀 중 넷째 아들인 로렌스의 아버지는 한평생 광부로 살다 죽은 이로, 글도 깨우치지 못한 무식쟁이였다. 하지만 그의 어머니는 그와 반대로 사립학교에서 교육을 받았고, 모교의 보조교사로 채용될 정도로 지적인 여인이었다.

그녀는 책 읽는 것을 좋아해 그 지역 도서관에서 책을 엄청나게 빌려다 읽는 독서광이었다. 어머니는 둘째 아들 어네스트에게 기대를 걸었지만 일찍 죽어버리자 아들 중 막내인 데이비드 로렌스에게 사랑을 쏟았다. 어려운 살림에도 고등학교를 보내 집안의 기둥이 되어줄 것을 기대하였다.

고등학교를 졸업한 로렌스는 집안을 도울 생각으로 공장에 취직을 하였다. 그러나 폐렴을 심하게 앓고서 일을 그만두게 되었고 그 기간 동안 자신의 삶을 돌아보게 된다.

'어떻게 살아가야 할까. 내가 정말 해야 할 일이 무엇일까. 그래, 세상에 이름을 남길 만한 글을 쓰자. 교사를 한다면 평생 글을 쓸 수 있겠지.'

로렌스는 폐렴을 치료하고 나서 임시 교사 생활을 하면서 입학시험을 준비해 런던대학교에 합격한다. 하지만 경제력이 없어 런던행을 포기하고 가까운 노팅엄대학교 사범대학에 입학한다. 1906년이었다. 노팅엄대학교에 가서 로렌스는 스승인 어네스트 위클리의 인정을 받는데, 그것이 인생의 전환점이 될 줄이야. 프리다라는 여인과 사랑에 빠진 것이다.

독일 여성 프리다는 대학 시절에 자신을 지도한 스승의 아내이니까 우리 식으로라면 '사모님'이라고 불러야 할 사람이었고, 로렌스보다 네 살 연상이었다. 프리다는 자기보다 열네 살이 많은 어네스트 위클리와 결혼하여 영국에 정착, 서른하나의 나이에 이미 1남 2녀를 두고 있었다. 남편과는 나이 차가 워낙 커 살뜰한 정을 느낄 수 없었으나 자식 키우는 일에 온 열정을 쏟아붓던 지극히 평범한 여인이었다.

프리다 로렌스

그러나 1912년 4월, 노팅엄대학교를 졸업한 뒤 교사로 있다가 마음에 안 차 사직하고 다른 일자리를 알아봐달라고 부탁하러 온 스물일곱의 청년 로렌 스를 보고 첫눈에 반해 사랑의 포로가 되고 만다.

남편의 제자인 로렌스와 사랑에 빠진 프리다는 대학교수의 부인이라는 사회적 지위, 세 아이의 어머니라는 의무감, 중산층 여성으로서의 안락한 삶 을 일시에 팽개쳐버린다. 그리고 연인과 함께 도버 해협을 건너 고국인 독일 로 사랑의 도피 행각에 나선다.

로렌스가 새 소설의 인세를 받아 목돈이 생기자 이탈리아로, 다시 독일로, 영국으로 여행하면서 두 사람의 사랑은 깊어만 갔다. 로렌스는 여행지의 호 텔에서 계속해서 소설을 썼는데, 그것이 출세작 『아들과 연인』이다.

1914년 5월 28일, 프리다는 결국 어네스트 위클리와 정식으로 이혼하고 7월 13일에 로렌스와 런던에서 결혼식을 올린다. 세상 사람들의 비난이 이들 부 부에게 빗발친 것은 물론이다. 그러나 세상 사람들의 그 어떤 비난과 질시도 두 사람의 사랑의 불꽃은 꺼뜨릴 수 없었다.

로렌스는 프리다와 결혼한 다음해에 장편소설 『무지개』를 출간했으나 노골적인 성 묘사로 말미암아 치안판사로부터 발매 금지를 당했다. 하지만 프리다는 남편의 재능을 믿고 격려를 아끼지 않았고, 로렌스는 아내의 격려 에 힘을 내어 계속해서 시집과 소설집과 평론집, 여행기 등을 출간하였다. 거 의 해마다 책을 한두 권씩 낼 정도로 왕성한 집필은 아내의 내조가 없이는 불가능한 것이었다.

로렌스가 폐결핵에 걸려 중태에 빠진 것은 1925년, 결혼한 지 10년이 지났 을 때였다. 그러나 그는 바로 그 다음해에 『채털리 부인의 사랑』의 집필에 착수한다. 로렌스는 각혈을 하면서도 소설에 매달려 1928년에 이를 완성한다.

그러나 인세를 받아 다시 여행을 떠나고자 한 부부의 소망은 이루어지지 못한다. 1930년 3월 2일, 로렌스는 프랑스 앙티브 근처 방스라는 마을에서 프리다가 지켜보는 가운데 숨을 거둔다. 프리다는 남편의 유언대로 시신을 화장해 그들이 사랑을 나누며 행복한 시간을 보냈던 미국 뉴멕시코의 한 목장에다 뼛가루를 안장하였다.

16년 동안 로렌스와 프리다는 뜨겁게 사랑하면서 두 사람만의 행복한 시간을 보냈다. 로렌스의 『채털리 부인의 사랑』의 주인공 코니와 멜로스처럼 이 세상에 살아 있는 동안 두 사람은 사랑했기에 행복하였다.

내 사랑의 방식은
내가 선택한다

버지니아 울프와 레너드 울프

버지니아 울프

흐르는 저 강물을 바라보며 당신의 이름을 목놓아 불러봅니다. 레너드 울프…….

제 처녀 때의 이름 버지니아 스티븐이 당신과의 결혼으로 인해 버지니아 울프가 된 것을 저는 한 번도 후회한 적이 없습니다. 제 나이 예순, 인생의 황혼기이긴 하지만 아직 더 많은 일을 할 수 있는 나이에 스스로 생을 마감할 생각입니다.

제 자살이 성공한다면 세상 사람들은 우리 부부 사이에 무슨 문제가 있었을 거라고 입방아를 찧을지도 모르겠네요. 아이도 없는 터에 남편의 이해 부족, 애정 결핍 등 이런저런 얘기가 많이 나올까 솔직히 두렵습니다. 이 유서는 당신이 세상의 구설에 휩싸이지 않기를 바라는 마음에서 쓰는 것입니다.

1912년에 결혼한 후 30년 동안 제가 진정으로 사랑하였고, 저를 진정으로 아껴주었던 레너드! 그동안 차마 얘기하지 못했던 제 생애의 비밀을 이 유서에서 당신께 말하려 합니다.

저의 아버지 레슬리 스티븐은 첫 번째 아내가 정신질환에 시달리다 죽자 변호사 허버트 덕워스의 미망인 줄리아와 재혼을 했습니다. 속된 말로 홀아비와 과부의 결혼이었던 거지요. 새어머니 줄리아는 이미 네 명의 자식이 있는 상태였고, 아버지는 전처소생의 딸이 하나 있었습니다. 재혼한 두 사람 사이에서 오빠 토비와 언니 바네사, 저, 그리고 동생 애드리안이 태어났지요. 그리 넓지 않은 집에서 아버지 어머니와 아홉 명의 아이들이 아옹다옹하며 살아가게 된 것입니다.

어머니는 봉사정신이 무척 강한 분이었습니다. 가난한 사람들을 돌보느라 집의 아이들을 제대로 보살피지 못하셨지요. '큰애가 작은애를 알아서 잘 돌보겠지' 하고 낙관적으로 생각하셨지만 실상은 전혀 그렇지 못했습니다.

버지니아 울프와 레너드 울프 부부

제 생애의 불행은 여섯 살 때부터 시작됩니다. 큰 의붓오빠인 제럴드 덕워스가 어머니 없는 틈을 타 저한테 도저히 해서는 안 될 짓을 하는 것이었습니다. 자기와는 신체 구조가 다른 저를 세밀히 관찰하고 만지고······. 기억하고 싶지 않은 그때의 일로 저는 몸에 대한 혐오감과 수치심을 갖게 되었습니다. 나아가 성에 관련된 것이라면 무조건 배격하는 마음도 그 시절부터 갖게 되었습니다.

불행은 설상가상으로 몰아닥쳤죠. 어머니는 이웃을 간병하다 그만 전염이 되어 제가 열세 살 되던 해에 돌아가셨습니다. 저를 잘 이해해주던 이복언니 스텔라도 2년 뒤에 죽었고, 아버지마저 암에 걸려 몸져누운 것이었습니다. 나날이 신경질이 심해지는 아버지의 병간호를 저와 언니 바네사가 맡아서 하는 것이 힘든 일이긴 했지만 얼마든지 감당할 수 있었습니다.

그런데 이번에는 사춘기를 막 넘긴 작은 의붓오빠 조지 덕워스가 저한테 같은 못된 짓을 하는 것이었습니다. 그렇지 않아도 의지할 데 없어 심리적으로 불안했던 저는 무방비 상태에서 그런 일을 수시로 당하고는 거의 미칠 지경이 되었습니다.

그 당시 집에 책이 없었더라면 전 어떻게 되었을까요. 아마도 제정신으로 살아갈 수 없었을 것입니다. 아버지는 총 65권에 달하는 『대영전기사전』의 책임 집필자여서 집에 책이 엄청나게 많았습니다. 저는 현실의 불행에서 도피하기 위해 책에 파묻혀 지냈습니다.

저는 당신과 결혼하기 전까지만 해도 사람들 앞에 나서는 것을 너무나 무서워했고, 사춘기 시절부터 정신과 치료를 받아야 했습니다.

당신이 제게 청혼했을 때 저는 두 가지를 요구했습니다. 보통 사람 같은 부부생활을 하지 않겠다는 것과 작가의 길을 가려는 나를 위해 공무원 생활을 포기해달라는 것. 세상에 이런 요구를 하는 여자를 위해 자신의 성적 욕망과 사회적 지위를 버리겠다는 사람은 레너드, 당신 이외엔 없을 거예요.

고통스런 과거를 끊임없이 반추하며 제가 작품을 쓰는 동안 당신은 출판사를 차려 묵묵히, 참으로 성실하게 제 후원자가 되어주셨지요.

저는 지난 30년 동안 남성 중심의 이 사회와 부단히 싸웠습니다. 오로지 글로써! 유럽이 세계대전의 회오리바람 속으로 빨려 들어갈 때 모든 남성이 전쟁을 옹호하였고, 당신마저도 참전론자가 되었죠. 저는 생명을 잉태해본 적이 없지만 모성적 부드러움과 평화의 사상으로 이 전쟁에 반대했습니다.

지금 온 세계가 전쟁을 하고 있습니다. 작가로서의 제 역할은 여기서 중단되어야 할 것입니다. 추행과 폭력이 없는 세상, 성차별이 없는 세상에 대한 꿈을 간직한 채 저는 지금 저 강물을 바라보고 있습니다.

(버지니아 울프는 정신불안증세로 1941년 3월 28일, 잉글랜드 서식스의 집 근처에서 강물에 투신, 자살로 생을 마감하였다.)

내 묵은 슬픔을
눈물로, 피로 쓴다

유진 오닐과 칼로타 몬트레이

유진 오닐

극작가 유진 오닐은 자기 작품 속에다 이런 말을 쓴 적이 있다. "비극은 인생을 보다 깊게 이해하도록 일깨워준다. 나는 인생이 아름답기 때문에 사랑하지 않는다. 추악한 인생 속에도 아름다움이 있다." 바로 자기 얘기이다.

오닐은 퓰리처상이 희곡 부문에도 주어지게 한 장본인으로 그 상을 네 차례나 수상하는 영광을 누렸으며, 1936년 48세라는 비교적 젊은 나이에 노벨문학상을 수상했다. 그의 작품 「느릅나무 밑의 욕망」은 미국 희곡문학의 수준을 한 단계 높인 작품으로 평가받고 있다.

그리고 1941년에 완성되었지만 자전적인 내용이라는 이유로 사후에 공연되기를 원해 1956년에야 무대에 올려진 「밤으로의 긴 여로」는 20세기 최고의 희곡 작품으로 꼽는다. 이러한 사실만 나열하면 그는 영예의 길을 걸어온 대단히 행복한 작가일 것이다. 그러나 그의 생애는 가족 간의 갈등으로 불행의 연속이었다. 문학만이 그에게 있어 구원의 여신이었고 영원한 애인이었다.

오닐의 아버지는 재능을 인정받는 연극배우로서 해마다 순회공연을 다녔다. 오닐은 브로드웨이의 한 호텔에서 태어나 호텔 방과 열차 속, 무대 위에서 어린 시절을 보냈다. 아버지가 떠돌이 연극배우이니 집안 분위기는 늘 불안정했고 경제적인 상황도 나쁠 수밖에 없었다. 한편 어머니는 수녀원에서 교육받은 독실한 가톨릭 신자였다.

오닐이 출생의 비밀을 알고 방황하기 시작한 것은 열다섯 살 때였다.

어머니는 둘째 아들을 병으로 잃고 상심해 있던 터라 셋째인 오닐을 임신하자 낳기를 원하지 않았다. 비록 신앙심 때문에 낙태를 하지 않았지만 엄청난 난산이었다. 출산 뒤 건강이 현저히 나빠진 어머니는 치료를 위해 계속 맞은 모르핀 때문에 마약 중독자가 되고 만다. 구두쇠인 아버지가 좋은 병원에 보내지 않고 돌팔이 친구의 치료를 받게 했는데 처방이 주로 일시적인 진통

효과만 있는 모르핀이었다.

자신이 태어남으로써 어머니가 마약 중독자가 되고 말았다는 생각은 그를 한순간에 반항아로 만든다. 그는 신앙을 버리고 '신은 죽었다'고 외친 니체에 심취한다. 알코올 중독자인 형에게서 일찍 술을 배우고 사창가를 헤매고 다닌다.

중년으로 접어들면서 생활 무능력자가 되어 가장 구실을 전혀 하지 못하는 아버지, 마약에 의지해 살아가는 어머니, 심한 알코올 중독자인 형, 모두가 오닐에게는 애증의 대상이었다. 네 사람이 한 집에서 서로에게 상처를 주며 나날을 보내는 과정은 「밤으로의 긴 여로」에 소상히 그려져 있다.

오닐은 요행히 프린스턴대학에 입학하지만 폭행 사건으로 1년 동안 정학 처분을 받고, 그 바람에 학업을 중단한다. 21세의 어린 나이에 캐슬린 젠킨스와 결혼했지만 3개월 만에 끝장이 난다. 오닐은 탈출을 시도하려고 중앙아메리카의 온두라스로 금광을 찾으러 떠났지만 말라리아에 걸려 된통 고생을 한다. 선원 생활에 매력을 느껴 배를 타기도 하지만 그보다는 부에노스아이레스, 리버풀, 뉴욕 등지의 부두에 쓰러져 잠든 술주정뱅이로 전락해 살아간다. 자살 기도도 한다. 완전히 밑바닥 인생을 살던 그는 결핵에 걸려 6개월 동안 요양원에 들어가게 된다.

다행히 그 6개월은 개망나니처럼 살아온 6년 동안의 삶을 돌이켜본 소중한 시간이었다. 그는 인생을 다시 살기로 결심한다. 아버지 덕에 어깨너머로 배운 풍월이 있었으니 바로 연극이었다. 하버드대학에 가서 청강생의 자격으로 희곡을 공부한 뒤 이를 악물고 작품을 쓴다.

당시의 브로드웨이는 멜로드라마가 성행하고 있었지만 그는 고뇌하는 인간의 숙명적 비극을 그려나간다. 신에 맞서 인간적 한계를 초월해야 한다는 것—신에 대한 반항(신을 부정했다면 그가 반항을 할 필요는 없었다)은 그의 모든 작품을 관류하는 철학이었다. 간결한 문체, 상징적인 표현, 시적 감각, 표현주의에 입각한 대사와 연기 등 모든 것이 미국 연극계에 새바람을 불러일으킨 혁명적인 것들이었다. 그는 마음에 들 때까지 원고를 고치고 연구한 것을 기록했고, 작품의 개요를 철저히 준비했으며, 극의 착상에 관한 메모로 가득 찬 노트를 수도 없이 만들었다.

작가로서는 매스컴의 각광과 연이은 수상으로 영광의 길을 가고 있었지만 개인사적으로는 불행이 꼬리를 물고 이어졌다. 첫 번째 아내가 1936년, 그

유진 오닐과 칼로타 몬트레이

가 노벨문학상을 받은 해에 자살한다. 1918년에 애그니스 볼톤과 재혼하는데 그녀가 낳은 아들은 신경이 온전치 못했다. 두 번째 아내하고도 이혼한다.

1929년에 여배우 칼로타 몬트레이와 세 번째 결혼을 했을 때 비로소 오닐은 안정을 얻는다. 부부는 이탈리아와 스페인 등 유럽 각지와 싱가포르, 상하이, 마닐라 등을 여행한다. 하지만 1936년 노벨문학상을 받는 것에서 그의 행복은 끝이 난다. 1939년, 막 50대에 접어든 해에 오닐에게 파킨슨씨병이 온다. 「밤으로의 긴 여로」는 파킨슨씨병 초기에 쓴 것이다.

이 작품을 쓰는 동안 오닐이 얼마나 힘들었는지 때로는 십 년은 늙은 듯한 수척한 모습으로, 때로는 울어서 눈이 벌겋게 부은 채로 작업실에서 나오곤 했었다고 한다. 희곡의 제일 첫 페이지는 등장인물이나 무대 배경 소개가 아니라 아내 칼로타에게 바치는 헌사였다. '칼로타에게, 우리의 열두 번째 결혼기념일에'라는 제목으로 쓴.

사랑하는 당신,
내 묵은 슬픔을 눈물로, 피로 쓴 이 극의 원고를 당신에게 바치오.
행복을 기념하는 날의 선물로는 슬프고 부적당한 것인지도 모르겠소.
그러나 당신은 이해하겠지.
내게 사랑에 대한 신념을 주어
마침내 죽은 가족들을 마주하고 이 글을 쓸 수 있도록 해준,
고뇌에 시달리는 티론 가족 네 사람 모두에 대한
깊은 연민과 이해와 용서로 이 글을 쓰도록 해준,
당신의 사랑과 다정함에 감사하는 뜻으로

이 글을 바치오.

소중한 내 사랑, 당신과의 십이 년은
빛으로의, 사랑으로의 여로였소.
내 감사의 마음을 당신은 알 것이오.
내 사랑도!

두 번째 부인과의 사이에서 태어난 딸 우나 오닐은 아버지의 결사반대에
도 1943년에 할아버지뻘인 찰리 채플린과 결혼하였고, 오닐은 딸과 의절하고
만다. 1950년에는 첫 부인과의 사이에서 태어난 장남의 자살 소식을 듣는다.
　1940년대 내내, 즉 50대의 그는 파킨슨씨병 환자로 고생을 했다. 깊은 좌절
감에 빠져 부인 칼로타와 의사, 간호사 외에는 아무도 만나지 않으며 몇 년
을 고생하던 끝에 부인이 지켜보는 가운데 숨을 거둔다. 1953년 보스턴의 한
호텔 방에서. 사인은 폐렴이었다.
　"나를 조용히, 간소하게 묻어주오. 사제는 부르지 마시오. 만약 신이 있다
면 그를 만나 인격 대 인격으로 얘기를 나눠보겠어요"라는 말을 남긴 채.

내 사랑은
피보다 진한 붉은색

이사도라 덩컨과 세르게이 예세닌

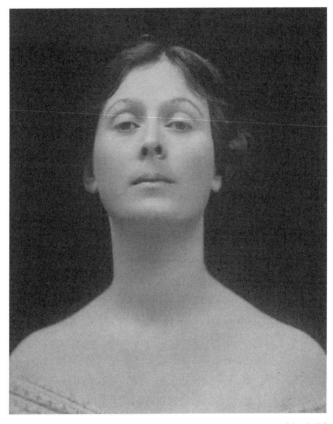

이사도라 덩컨

인간은 태초부터 춤을 추었으리라. 짐승을 잡아놓고 흥에 겨워, 수확을 끝내고 태양신에 고마워하며…… 춤의 역사는 문학의 역사보다 분명히 길 것이다. 무용이 하나의 예술로 대접을 받아온 이래 수많은 무용가가 명멸했지만 현대무용으로 발전하는 데 있어 가장 큰 역할을 한 사람은 미국의 무용가 이사도라 덩컨이다.

무용에 있어 그녀는 혁명가였다. 고전 발레의 엄격함을 거부하고 즉흥적인 해석으로 자유롭게 춤을 춘 것도, 전통 발레곡을 무시하고 고전 음악가들의 작품을 춤곡으로 선택한 것도 혁명적이었다. 특히 유럽 순회공연에서 보여준 맨발의 춤은 관중들을 완전히 열광의 도가니로 몰아넣었다. 그 이후 맨발로 추는 춤은 그녀의 일관된 공연 태도였고, 덩컨의 상징이 되었다.

혁명가의 생은 순탄할 수 없는 법인가. 영광의 뒤안길, 그녀가 춤추며 나아간 50년 생애를 살펴보면 기쁨 뒤에는 꼭 슬픔이, 희망 뒤에는 꼭 절망이 닥쳤다. 운명의 여신은 그녀의 미모와 예술혼을 지독히도 질투했던 듯하다.

덩컨이 활동한 20세기 초만 하더라도 인습과 도덕이 사람들의 의식을 옥죄고 있을 때였다. 그녀가 첫 애인 베르기와 결혼하지 않은 것은 그렇다 치더라도, 결혼하지 않은 상태에서 무대미술가 크레이거와의 사이에 딸 디어도르를 낳은 것과 재벌 2세 싱거와의 사이에 아들 패트릭을 낳은 것에 대해 비난의 화살이 정신을 못 차릴 정도로 쏟아졌다. 세상 사람들은 그리스 여신의 환생 같은 그녀의 춤을 보고 박수를 보내면서도 극장 문을 나서면 자유연애를 몸소 실천한 덩컨에 대해 입방아를 찧어댔다.

"덩컨은 결혼도 하지 않고 애인을 갈아치우고, 그 동안에 애는 둘씩이나 낳았대."

덩컨은 자신에게 쏟아진 엄청난 비난을 춤을 통해 잊고자 했다. 러시아를 포함한 유럽 순회공연은 대성황을 이루었다. 그러나 돈이 없어 가축 수송선을 타고 떠나야 했던 조국 미국은 그녀의 무용에 끝내 환호하지 않았다. 조국이 외면한 예술가라는 멍에는 두 아이와 유모를 태운 차가 센 강으로 추락하여 모두 죽는 비극에 비하면 아무것도 아니었지만……

이사도라 덩컨과 예세닌

그녀는 7년 뒤에 불사조처럼 다시 일어나 자신을 원하는 러시아에서 무용학교를 세운다. 그곳에서 그녀는 팬이라면서 따르는 젊은 시인 세르게이 알렉산드로비치 예세닌의 구애를 받고 처음이자 마지막인 결혼식을 올린다. 1922년 5월이었다. 당시 덩컨의 나이 43세, 예세닌의 나이 25세였지만 예세닌은 오히려 이혼 경험이 있었다. 이것 역시 그 시대 사람들의 통념을 깬 혁명적인 결혼이었다.

덩컨은 아마도 모성애에 사로잡혀 결혼 서약을 했을 것이다. 아들 같은 예세닌이 시를 쓰고 있는 모습을 보는 일은 그러나 그리 오래 가지 않았다. 예세닌은 러시아에서 선풍적인 인기를 끌고 있는 신예 시인이긴 했지만 술주정뱅이에 이기주의자였다.

결혼으로 세인의 주목을 더욱 받게 된 것은 시인 예세닌이 아니라 비로소 가정의 소중함을 깨달은 무용가 덩컨이었다. 예세닌은 말도 안 통하는 덩컨을 때리고, 돈을 왕창 가져가 술값으로 날리기 일쑤였고, 덩컨을 죽이려고까지 했다. 덩컨이 순회공연을 할 때에도 언어의 세계에 갇힌 예세닌은 술집에서 살았다. 어느 날에는 덩컨의 무용 공연지인 유럽의 한 도시 최고급 호텔 객실을 난장판으로 만들어놓기도 했다. 또 어느 날에는 술에 취해 들어와 덩컨이 죽은 두 아이의 사진첩을 펼쳐놓고 시름에 잠겨 있는 것을 보곤 사진첩을 불 속에 던져 태워버려 덩컨의 가슴에 비수를 꽂기도 했다.

덩컨은 응석꾸러기를 다루듯 예세닌을 달래면서 미국 순회공연에 나섰다. 그러나 그 여행은 크나큰 실수였다. 당시 미국에는 공산주의에 대한 위기감이 고조되고 있던 터였다. 두 사람이 미국을 방문하자 공산당 첩자라는 낙인이 찍혔고, 보스턴 심포니 홀에서 공연하면서 덩컨이 예세닌을 소개하자 많은 관객이 그녀에게 욕설을 퍼부었다.

달아나듯 유럽으로 간 부부에게 평화는 다시 찾아오지 않았다. 예세닌이 심한 정신착란 상태에 빠지자 덩컨은 이혼을 결심한다. 이혼한 뒤에 조국 러시아로 홀로 돌아간 예세닌은 계속해서 방황의 나날을 보내다가 두 사람이 신혼여행 길에 들렀던 레닌그라드의 호텔 바로 그 방에서 자살하였다. 당시 예세닌의 나이는 서른이었다. 동맥을 끊어 피로 시를 써놓고서 목을 매달았다.

안녕, 친구여, 안녕!
덩컨은 지금도 내 가슴속에 살아 있는 최상의 연인이지.

예세닌의 자살에는 몇 가지 이유가 더 있다. 공산주의 혁명이 일어난 것은 1917년이었다. 예세닌은 민중의 사랑을 받는 시인으로서 이 혁명에 아무런 역할을 하지 못했다는 자책감이 있었는데 시세계는 다분히 반체제적이었다. 동년배 시인 마야코프스키가 공산당에 입당해 체제에 고개를 숙인 반면 예세닌은 케렌스키가 당수인 사회혁명당 소속 인물들과 친하게 지냈다. 레닌은 혁명 성공 이후 사회혁명당 관련자를 다 숙청하였는데, 예세닌이 당원이었다면 크게 곤욕을 치렀을 것이다.

미국의 무용가 덩컨과 무작정 결혼한 이후 유럽과 미국 여행을 하고 온 예세닌을 공산당국은 자본주의의 물을 먹은 사람으로 간주해 백안시하였다. 마르크 슬로님 같은 학자는 "그는 시대에 순응치 못하는 자신의 무능함을 인간적인 실패로 해석했다. (혁명 이후) 모든 사람이 싸우고, 투쟁하며 건설하고 있었으나 유독 그 혼자만이 조국의 이방인이며 쓸모가 없는 인간이라 느꼈다"고 했는데 일리가 있는 말이다. 그에게 찬사를 바치던 러시아 대중이 미국 여성과 미국에서 살다가 이혼하고 돌아왔다는 이유로 예세닌을 나 몰라라 한 것이다.

예세닌이 죽자 러시아 재판소는 예세닌의 정식 상속자가 덩컨이라고 판결하였다. 다섯 권 시집의 인세 30만 루블을 덩컨에게 주었다. 그러나 덩컨은 당시에 무일푼이었지만 유산을 가난한 예세닌의 어머니와 동생들에게 주었다.

40대 중반에 들어선 그녀는 모든 사회활동을 그만두고 프랑스 니스에서 가난하고 불안정하게 살아간다. 그러다 긴 스카프 자락이 차 뒷바퀴의 축에 걸려 목뼈가 부러져 급사하고 만다.

스카프를 자르고 시체를 차에서 내렸을 때 축음기에서는 그 무렵 크게 히트한 「검은 새여, 안녕」이란 곡이 흘러나오고 있었다고 한다.

근심도 슬픔도 모두 잊고 갑시다.

노래, 노래를 부르며.

안녕, 안녕, 검은 새여!

운명의 여신이 회심의 미소를 띠며 들려주는 노래였다. 예세닌 사망 2년
뒤였다.

사랑만으로는
해결할 수 없는 부부관계

진 세버그와 로맹 가리

진 세버그

진 세버그는 1938년 미국 아이오와 주의 마샬타운에서 태어나 1979년 약물 과다 복용으로 사망했다. 남편 로맹 가리와의 사이에 아기가 둘 있었는데 둘째를 출산 이틀 만에 잃고 만다. 마릴린 먼로의 죽음 때도 그랬듯이 약물 과다 복용에 따른 심장마비사가 아니라 FBI가 암살했을지도 모른다는 소문이 한동안 떠돌았다.

시골 약국집 딸로 태어난 그녀는 어릴 때부터 극장에 다니기 좋아했고 특히 말론 브랜도를 보고 배우를 동경했다고 한다. 고등학교에 입학하자 연극을 시작했고 그렇게 연기자의 꿈을 착실히 키워나갔다.

열여덟 살 때 오토 플래밍거 감독의 대작 <잔 다르크>(1957)의 오디션에서 무려 만 명이 넘는 경쟁자를 물리치고 캐스팅되는 행운을 얻는다. 그 오디션에서 마지막으로 경쟁했던 인물이 헨리 폰다의 딸 제인 폰다였다. 진 세버그보다 한 살 많은 제인 폰다는 3년 뒤에 데뷔한다. 촬영에 들어가기도 전부터 각종 언론에서 과다하게 기대를 한 탓인지 <잔 다르크>는 작품성이 떨어진다는 혹평과 함께 흥행마저 실패한 작품이다.

하지만 진 세버그의 가능성을 간파한 오토 플래밍거 감독은 그녀에게 다시 기회를 준다. 그렇게 해서 1958년, 그녀는 감독의 다음 작품 <슬픔이여 안녕>에서 데보라 카, 데이빗 니븐 등 스타들과 함께 연기할 수 있는 기회를 얻게 된다. <슬픔이여 안녕>은 프랑스와즈 사강의 소설을 영화화한 것으로 이영화에서 진 세버그는 데이빗 니븐의 딸 세실 역으로 출연하였다. 그녀가 맡은 세실 역은 어리지만 팜므 파탈의 요소를 지닌 복잡한 캐릭터였고, 진 세버그는 어려운 캐릭터를 잘 소화해내 배우로서의 가능성을 인정받는다.

얼마 후 그녀의 영화 인생에 새로운 전환기를 맞는다. 비교적 빨리 찾아온 전환기는 장 뤽 고다르 감독과의 조우에서 비롯된다. 고다르에게 진 세버그가 눈에 들어왔다. 그렇게 해서 20세기 영화사에 있어 한 획을 그은 영화 <네

멋대로 해라>가 탄생한다.

이 영화를 찍는 동안 진 세버그는 열아홉 살의 나이로 프랑소와 모레이유와 결혼한다. 모국인 미국보다 프랑스에서 더욱더 유명해진 진 세버그는 몇 년 동안 프랑스 영화에 출연하게 되면서 '프랑스의 연인'으로 불리게 된다. 그렇게 몇 년간 프랑스에서 진보적인 사람들과 어울렸기 때문인지 그녀의 정치적 성향도 점점 더 진보 성향을 띠기 시작한다.

1962년 진 세버그는 로맹 가리와 두 번째 결혼을 한다. 배우와 작가와의 결혼, 24년의 나이 차. 어떻게 해서 이들이 맺어진 것일까?

진 세버그와 로맹 가리 부부

데뷔작에 이어 두 번째 작품인 프랑스와즈 사강의 소설 『슬픔이여 안녕』을 원작으로 하는 영화에 세실 역으로 출연하면서 당시 영화에 관심을 보이고 있던 로맹 가리와의 만남이 시작된 것으로 추정된다. 각자 배우자가 있던 두 사람으로서는 서로의 사랑을 확고히 하기 위해서는 이혼이 선행되어야 했다. 그래서인지 진 세버그는 프랑스와 모레이유와 서둘러 이혼한다. 그러나 가리의 정신적 지주이자 그의 외교관으로서의 업적을 가능케 했던 아내 레슬리와의 이혼은 수월치 않았다. 어쨌든 1961년 봄부터 두 사람은 동거에 돌입하였고, 레슬리와의 이혼이 매듭지어지자 1962년 10월 16일에 결혼식을 올린다.

진 세버그의 영화 촬영이 있는 날이면 로맹 가리가 항시 동행하며 격려하는 모습을 보여주었다. 하지만 둘째 니나가 태어난 지 이틀 만에 사망하고, 얼마 후 로맹 가리와도 이혼한다.

로맹 가리는 자신의 단편 「새들은 페루에 가서 죽다」의 촬영 장소인 스페인 마요르카에 몇 개월 동안 체류한다. 외교관 시절 딱 한 번 가본 경험이 있는 페루의 해변이 유명한 소설의 무대가 된 것이다. 이 작품을 로맹 가리는 직접 영화로 만드는 시도를 하는데, 아내인 진 세버그를 주인공으로 출연시키면서 둘 사이에 심한 균열이 발생한다. 환상적이고 적나라한 촬영을 요구하여 진 세버그에게 극한의 수치심과 굴욕감으로 정신적 상처를 주기에 이른 것이다. 이로부터 두 사람의 관계는 금이 가기 시작한 것 같다. (프랑스에서는 상영이 금지되고 미국에서 X등급 판정이 내려질 정도였으니 진 세버그의 고통이 어떤 것이었을지는 짐작이 되고도 남는다.)

진 세버그는 1960년대 후반에 들어서면서 흑인인권운동과 흑인자경단 '블랙 팬더'에 열렬한 지지를 보내는데 그런 성향으로 인해 한동안 FBI의 내부 자료에 '요주의 인물'로 꼽힌다. 흑인의 인권과 권력 신장을 돕는 직간접적인 후원자가 되어주었는데, 그때마다 FBI는 그녀의 일거수일투족을 주시하며 끊임없이 감시한다. 언론의 시선도 곱지 않았는데 그것은 그녀가 '미국의 연인'을 포기하고 '프랑스의 연인'이 된 탓도 있을 것이다.

당시 FBI 국장 존 에드거 후버의 지휘 아래 매스컴을 동원한 입체공작은

진 세버그를 죽음으로 몰아넣는다. 1970년 그녀의 실명까지 공개하며 '진 세버그가 불법시위를 주동하고, 마약에 빠져 있으며, 흑인 과격단체 멤버 중 한 명과 추잡한 섹스를 하여 임신까지 하고 있다'고 악질적이고 근거 없는 추문 기사를 신문에 게재하는 등 잔인한 공격을 하였다.

진 세버그는 계속되는 FBI의 공작과 언론의 매도 때문에 스크린보다는 법정에서 더 많은 시간을 허비해야 했으며 해마다 연례행사처럼 자살 소동을 벌이는 고단한 나날을 보내야 했다. 그리고 1979년 9월 8일, 실종 열흘 만에 파리 근교에서 시체로 발견된다. 사인은 과음 후 치사량의 약물 복용. 당시 그녀의 나이 40세였다. 장례식엔 사르트르와 보부아르 등이 참석했다.

분노한 로맹 가리는 기자회견에서 인권을 짓밟은 미국 사회에 분노하며, 한 고귀한 생명에 대해 가해진 FBI의 끔찍한 공작이 '살인'을 저질렀다고 고발하기에 이른다. 로맹 가리는 1970년 정신적 혼란과 갈등을 겪던 진 세버그의 요청으로 이혼하지만 그녀에 대한 사랑과 이해에는 변함이 없었던 것 같다. 그런데 아내의 죽음 이후 대략 1년 후인 1980년 12월 1일 권총 자살로 생을 마감한다.

유서에서 그는 자신의 자살이 이혼한 아내의 죽음과는 관련이 없으니 부질없는 추측은 하지 말라는 말에 이어 상심한 마음이나 신경쇠약의 문제는 아니라고 했다. 다만 자살이란 죽음이 자신의 문학 작업을 완성하는 수단이며, 궁극에는 자신을 완전하게 표현했다고 말하고 있다. 문학의 완성은 작가의 죽음으로 비로소 완전해진다는 것이었다.

등장인물 소개

선덕여왕(善德女王, ?~647)

여왕의 성은 김씨, 이름은 덕만(德曼)이다. 진평왕의 딸로, 어머니는 마야부인 김씨다. 진평왕이 아들 없이 죽자 귀족들이 덕만을 왕으로 추대하고 성조황고(聖祖皇姑)라고 칭호를 올려 불렀다. 여자임에도 불구하고 즉위가 가능했던 것은 '성골'이라는 신라 왕조 고유의 혈족 의식이 뒷받침되었기 때문이다. 『삼국사기』에 따르면 여왕은 성품이 너그럽고 어질며 명민했다고 한다. 그러나 여왕이 재임했을 당시는 백제의 국운이 승했을 때여서 많은 고충을 겪었다. 642년 백제에 40여 성을 빼앗겼으며, 645년에는 외환을 진정시키기 위해 자장(慈藏)의 건의를 받아들여 황룡사 9층 탑 건립공사에 착수했다. 재위 말년인 647년에는 비담과 염종 등 진골 귀족들이 여왕이 정치를 잘못한다고 반란을 일으켜 1년을 끌었다. 난은 여왕이 죽고 진덕왕이 즉위한 뒤에야 김춘추와 김유신에 의해 평정되었다.

원효대사(元曉大師, 617~686)

신라시대의 고승. 신라에 불교가 공인된 지 90년 만에 태어난 원효는 우리나라 역사상 가장 위대한 불교 사상가이다. 원효는 해박하고 심오한 불교 해석으로 엄청난 양의 저서를 낸 것으로 알려졌지만 현존하는 것은 19부 22권이다. 『대승기신론소』, 『기신론별기』, 『금강삼매경론』, 『화엄경소』 등은 한국불교를 한 차원 높은 명저들이다. 원효는 당시의 승려들이 대개 성내의 대사원에서 귀족생활을 하고 있던 것과는 반대로 지방의 촌락과 길거리를 두루 돌아다니며 가무를 하고 잡담을 하는 중에 불법을 널리 알려 일반 서민들의 교화에 힘을 기울였다. 그가 서민의 교화에 나선 것은 학문적인 구법(求法)을 위한 당나라행을 포기한 뒤 심법(心法)을 깨달은 뒤이며, 요석공주와의 사랑으로 설총을 낳고 스스로 소성거사로 자칭하게 된 이후로 보인다.

박열(朴烈, 1902~1974)

독립운동가. 최초의 무정부주의 단체인 흑도회를 조직했으며 1923년, 일본 왕세자 히로히토를 암살하려 한 대역사건(大逆事件)으로 검거되어 광복될 때까지 징역을 살았다. 광복 후에는 일본에서 재일조선인거류민단을 만들고 단장을 역임하면서 남한 단독정부 수립 노선을 지지했다. 가네코 후미코(金子文子, 1903~1926)는 박열의 사상적 동지이자 연인이며 옥중에서 결혼한 부인이다. 자신에게도 사형이 내려질 것에 대비해 박열의 가족이 시신을 처리해주도록 박열과 옥중 결혼식을 올린 가네코는 무기징역으로 감형되었으나 자살로 생을 마감했다. 그러자 박열의 형 박정식이 도쿄로 와서 시신을 수습하고 박열의 고향인 경북 문경의 팔령에 묻었다. 박열은 조국의 독립을 위해 투철한 전사로 싸웠고, 이에 동조한 가네코는 일본의 무정부주의자로서 박열에 대한 사랑을 넘어 천황의 허위성을 법정에서 세상에 알린, 일본의 주목할 만한 근대적 인물이다.

김유정(金裕貞, 1908~1937)

소설가. 김유정의 30년 생애는 고통으로 점철되어 있다. 강원도 춘성군 실레에서 8남매 중 막내로 태어난 유정은 7세에 어머니를, 9세에 아버지를 연이어 여의고 누이들에게 둘러싸여 살았다. 막대한 가산을 탕진하는 형 밑에서 자란 그는 생활이 어려워지고 몸이 피폐할수록 흐릿한 기억 속의 어머니를 그리워했다. 그 어머니의 인상을 간직한 박녹주에 대한 사랑은 소설 「두꺼비」에 일부 나와 있다. 이루어질 수 없는 사랑에서 오는 좌절과 탈진은 폐결핵과 치질을 악화시켜 결국 나이 서른에 죽고 말았다. 연희전문 문과를 중퇴하고 1932년 고향 실레마을에 들어가 금병의숙을 세워 문명퇴치운동을 전개하기도 한 유정은 소설 쓰기에 매진하지만 그것은 생명을 소진하는 결과를 가져왔다. 폐결핵을 앓으면서도 그는 30편의 단편과 미완성 장편 한 편, 번역소설 한 편을 남겼다.

조만식(曺晩植, 1883~1950)

독립운동가, 교육자, 정치가. 조만식의 인생 출발점은 장사꾼이었다. 열여섯 살 때부터 장사를 시작, 포목상과 지물포를 경영해 상당한 재산을 모았다. 23세 되던 해인 1904년 친구의 전도로 기독교인이 되었고, 뜻한 바 있어 재산을 정리하여 이듬해 평양숭실학교에 입학, 1908년에 졸업했다. 그해 6월 도쿄 세이소쿠 영어학교에 입학해 3년간 공부했으며, 1911년 메이지대학 법학부에 들어가 1913년에 졸업했다. 미국 유학의 뜻을 못 이루고 귀국해서는 정주 오산학교의 교사로 취임했다. 그 학교 교장으로 있던 1919년, 3.1운동을 위해 교장직을 사임하기까지 그는 무보수로 민족교육에 혼신의 힘을 쏟았다. 그 이후 조선물산장려회 회장, 평양 기독교청년회 총무, 신간회 중앙집행위원, 조선일보사 사장 등을 하며 사회운동을 전개했다. 광복이 되자 민족주의자들을 결집해 조선민주당을 창당, 당수가 되어 신탁통치 반대운동을 전개했다. 그 때문에 6.25 때 인민군에 의해 총살되었다.

나혜석(羅蕙錫, 1896~1946)

서양화가. 일찍 개화한 가정의 5남매 중 둘째로 태어난 나혜석은 도쿄에 유학 중이던 오빠의 권유로 1913년, 동경여자미술전문학교에 입학해 유화를 전공했다. 일본 유학 시절에는 최승구, 이광수 등의 문인과 사귀면서 유학생 동인지였던 『학지광』에 여권 신장을 옹호하는 「이상적 부인」 등을 발표했다. 귀국하여 정신여자고등학교 미술교사를 하다가 3.1운동에 참가, 수개월 간 투옥되기도 했다. 1920년 변호사 김우영과 결혼했고 남편의 도움으로 경성일보사 내청각에서 첫 전람회를 열었는데 이것은 서울에서 열린 최초의 서양화 전시회였다. 프랑스 파리 체류 중 사건 최린과의 만남이 문제가 되어 1931년 이혼을 당한 이후 사회의 인습적인 도덕관에 저항하는 평문들을 발표했으나 오히려 사회의 냉대로 점점 소외되었다. 수덕사, 해인사 등을 전전하며 유랑생활을 하다 서울 자혜병원에서 행려병자로 쓸쓸히 생을 마쳤다.

백석(白石, 1912~1996)

시인. 본명이 백기행(白夔行)인 백석은 평북 정주군 길산면 익성동에서 3남 1녀 중 장남으로 태어났다. 시골에서 장남으로 태어났다는 것은 그를 평생 옥죈 족쇄였다. 오산소학교를 거쳐 오산중학교를 졸업하고 정주에 머물러 있던 그에게 행운이 겹친다. 19세 때인 1930년, 조선일보사 주관 '신년현상문예'(지금의 신춘문예)에 단편 소설이 당선됨으로써 신문사 후원 장학생으로서 일본 아오야마(靑山)학원에서 영문학을 공부할 수 있게 된 것이다. 유학하고 돌아와 조선일보사에 입사했으므로 그의 인생은 순풍에 닻을 올린 셈이었다. 신문사에 있으면서 25세 나이로 첫 시집 『사슴』을 냈으나 시골에 처박혀 시를 쓰고자 함흥 영생고보 영어교사로 자리를 옮기고 거기서 연인 김영한(일명 자야)를 만난다. 28세 때 만주 신경으로 간 이후로는 떠돌이의 삶을 살아간다. 한국전쟁 이후에는 북한 체제가 원하는 작품을 쓰지만 어린 시절 고향 이야기를 북방정서를 통해 그린 토속적인 세계가 그의 진면목이었다.

한하운(韓何雲, 1920~1975)

한하운은 문둥이 시인으로 알려져 있지만 1948년 공산치하를 피해 월남한 이후 많은 사회사업을 한 사람으로 기억될 필요가 있다. 1950년 성혜원, 1952년 신명보육원을 설립·운영하였다. 1953년부터는 대한한센연맹위원회 회장으로 있으면서 나환자들을 위해 많은 일을 했다. 1960년 무하문화사(출판사) 사장, 1966년 신안농업기술학교 교장 및 한국사회복귀사업 회장 등을 역임했다. 1949년 『신천지』에 「전라도 길」 외 12편의 시를 발표하면서 등단한 뒤 나병으로 인한 고통과 슬픔을 노래하며 문단의 주목을 받았다. 시집 『한하운 시초』와 『보리피리』 『한하운시전집』 등을 내 많은 사람에게 큰 감동을 주었다. 그의 작품은 나환자라는 독특한 체험을 바탕으로 하면서도 감상으로 흐르지 않고 객관적 어조를 유지하였다. 또한 온전한 인간이 되기를 바라는 간절한 염원을 서정적이고 민요적인 가락으로 노래하였다.

박인환(朴寅煥, 1926~1956)

시인. 서구적 감수성과 세기말적 분위기를 강하게 풍기면서 어두운 현실을 서정적으로 읊은 후기모더니즘의 기수로 알려져 있다. 애초에는 의사의 길을 가려 평양의학전문학교에 입학했으나 해방이 되자 학업을 중단하였다. 서울로 와서 '마리서사'라는 서점을 경영하면서 여러 시인을 사귀었고, 서점을 그만두고는 신문사 기자로 근무하였다. 한국전쟁이 일어나자 육군 소속 종군작가단에 참여하고 피난지 부산에서 김규동, 이봉래, 조향 등과 '후반기(後半期)' 동인을 결성하였다. 1946년 국제신보에 시 「거리」를 발표해 등단한 뒤 1949년 김수영, 김경린, 양병식 등과 『새로운 도시와 시민들의 합창』이라는 합동시집을 펴냈다. 그는 8.15광복 직후의 혼란과 한국전쟁의 황폐함을 겪으면서 느꼈던 도시문명에 대한 불안과 시대의 고뇌를 감상적으로 노래한 시인이다. 1965년 대한해운공사에서 일하면서 미국에 다녀왔으며, 이듬해 심장마비로 31세 젊은 나이에 영면하였다.

이중섭(李仲燮, 1916~1956)

한국 근대미술을 대표하는 서양화가 이중섭은 가장 한국적인 화가인 동시에 가장 현대적인 화가로 평가받고 있다. 평안남도 평원의 부유한 농가에서 유복자로 태어났다. 1937년 일본으로 건너가 도쿄 제국미술학교와 문화학원에서 공부했고, 1938년부터 일본의 추상 그룹인 미술창작가협회에 참여했으며 1941년에는 협회상인 태양상을 받았다. 1943년에 귀국, 원산에 정착해 사는 동안 광복이 되었다. 1950년 겨울, 남하하는 국군을 따라 월남해 가족과 함께 부산, 서귀포, 통영 등지를 전전하며 어렵게 피난 생활을 했다. 그림 그릴 재료가 없어 양담뱃갑을 모아 화폭 대신 은지에다 그림을 그리기도 했다. 생활이 어려워져 아내가 두 아들을 데리고 일본으로 간 이후 심각한 정신적 고통을 겪다 결국 정신분열증 증세를 보이고 병원에서 비참한 최후를 맞이했다.

신동엽(申東曄, 1930~1969)

시인. 서구 지향의 모더니즘과 전통 지향의 보수주의가 양립하던 1950~60년대 한국 시단에서 신동엽은 현실과 역사에 대해 자각한 선구적인 시인이었다. 전주사범 졸업 후 유적지 답사를 통해 역사에 관심을 갖게 된 것을 계기로 1949년 단국대 사학과에 입학했다. 한국전쟁 때 전시연합대학에 재학 중 '국민방위군'으로 수용되어 낙향하던 중 훗날 요절의 원인이 된 간디스토마와 폐디스토마에 감염되었다. 1953년 대학 졸업 후 충청남도 주산농업고등학교에서 교사생활을 했으며, 1960년에는 교육평론사에 근무했다. 1961년 명성여자고등학교에서 교사생활을 시작해 죽을 때까지 재직했다. 1964년 건국대학교 국문과 대학원을 수료했으며, 조선일보 신춘문예 당선작 「이야기하는 쟁기꾼의 대지」(1959)는 원초적 생명 복원에 대한 희구와 진정한 인간성에 대한 집착을 담고 있다. 장시 「금강」은 봉건적인 권력체제에 대한 민중들의 저항과 부정정신을 보여줌으로써, 갑오농민전쟁과 419혁명을 민중의식의 발전이라는 차원에서 통합시킨 그의 대표작이다. 1966년 국립극장에서 시극 「그 입술에 파인 그늘」이 공연되었다.

천상병(千祥炳, 1930~1993)

시인, 문학평론가. 시인 천상병은 흔히 '기인'으로 불렸다. 1952년 『문예』에 시 추천이 완료된 후 "시인이면 그만이지 학력이 무슨 소용이냐'며 서울대 상대 4학년 2학기를 앞두고 자퇴한 것부터가 기이한 행동이었다. 천상의 기쁨과 지상의 아픔을 노래한 시인 천상병이 문인들과 어울려 늘 술에 취해 살았지만, 1967년 동백림사건으로 체포되어 고문당하기 이전까지 그는 평필(評筆)을 휘두른 문학평론가이기도 했다. 술로 인한 웃지 못할 일화 중에 하나. 소설가 한말숙 씨의 안방에 있던 향수병을 취중에 양주병으로 알고 홀딱 마신 것도 유명하지만 박재삼 시인이 살던 단칸 방에서의 방뇨 사건이 단연 유명하다. 어느 날 대취한 박재삼과 천상병 두 사람은 어깨동무를 하고 박재삼의 집으로 갔다. 재삼은 부인과 아이들을 한쪽 벽으로 밀치고 천상병 옆에 누워 잠이 들었다. 소나기 오는 소리에 잠을 깨보니 천상병이 방에다 엄청난 소변을 보고는 방바닥에 누워 다시 태평스럽게 잠을 자는 것이었다. 박재삼은 그 사건 후 몇 차례 이사를 했지만 부인과의 약속 때문에 천상병에게는 집을 가르쳐주지 않았다고 한다.

찰스 램(Charles Lamb, 1775~1834)

영국의 수필가, 비평가. 영국이 낳은 위대한 수필가 중 한 사람이며 날카로운 문학비평가이기도 했다. 말을 심하게 더듬지 않았더라면 학업을 우등으로 마치고 성직자가 되었을 것이다. 그는 15세가 되기도 전에 학교를 떠나 동인도회사에 근무하기 시작해 33년을 근무하고 퇴직했다. 1796년, 누이 메리가 집안에 유전적으로 내려오는 정신병 발작으로 어머니를 살해한 이후 때때로 발작이 재발하곤 하자 램은 결혼도 포기하고서 정성껏 누이를 돌보아주었다. 메리도 오빠의 직장생활과 저술활동을 위해 최선을 다해 뒷바라지했다. 평범한 샐러리맨이었던 램이 문학에 입문한 것은 짧은 학창 시절에 알게 되어 평생토록 우정을 지속한 콜리지 덕분이었다. 콜리지가 엮은 잡지에 시를 발표하면서 문단에 나간 램이 문명을 얻은 것은 에세이 장르였다. 엘리아라는 필명으로 발표한 『엘리아 수필선』은 영국 수필문학의 자랑이다.

마야코프스키(Vladimir Vladimirovich Mayakovsky, 1893~1930)

러시아의 시인, 극작가. 러시아 혁명기와 소비에트 초기를 대표하는 시인이다. 열다섯 살 때 러시아 사회민주주의 노동당에 입당했으며 짜르(황제) 체제에 대한 반국가활동으로 여러 번 감옥을 드나들었다. 1909년 독방에 수감되었을 때부터 시를 쓰기 시작했다. 석방된 뒤 모스크바 미술학교에 다녔으며, 러시아 미래주의 모임에 참석해 곧 그들의 대표자가 되었다. 혁명이 일어나자 열광적으로 볼셰비키를 환영했다. 「혁명 송시」와 「좌익 행진」 같은 시는 큰 인기를 끌었으며 1921년에 초연된 희곡 「우스운 신비극」도 성공을 거두었다. 그는 공산당의 열렬한 대변인으로서 다양

한 방식으로 자신의 의사를 나타냈고 혁명 당국도 그를 인정해주었다. 하지만 1925년 이후 유럽, 미국, 멕시코, 쿠바를 여행하고 난 이후 체제에 대한 의심이 작품에 조금씩 실리기 시작하였다. 공산주의 국가 소련의 현실과 멀어지고 있는 자신을 발견했으며, 해외여행 비자가 나오지 않자 모스크바에서 자살하였다.

단테(Alighieri Dante, 1265~1321)

이탈리아의 시인. 단테는 가장 위대한 중세 문학인 「신곡」을 썼다. 「신곡」은 개인적인 차원에서 보면 피렌체에서 추방된 자신의 경험을 바탕으로 한 인간의 운명과 방황을 심오한 기독교적 시각으로 그린 작품이다. 즉, 피렌체에서 추방되지 않았더라면 쓰이지 못했을 작품이다. 단테는 서른다섯 살 때인 1300년에 국무장관 비슷한 지위에 오르고 그다음 해에는 피렌체 대사로 로마교황청에 파견된다. 그런데 그가 조국을 떠난 사이에 쿠데타가 일어나 단테가 소속된 교황 편의 겔프당과 황제 편의 기벨린당이 싸워 겔프당이 이기는데 승리 후에 다시 귀족계급인 네리파와 상인 계급인 비앙키파로 분열되어 피비린내 나는 싸움을 전개한다. 시가전 끝에 네리파가 이기는데 비앙키파의 대표격인 단테는 1302년 1월 27일, 공금횡령죄로 국외 추방과 500휘오리노의 벌금형을 받는다. 그러나 단테는 그 처분이 부당하다고 시의 출두명령에 응하지 않았고, 그래서 영구추방과 함께 사직당국에 걸려들 경우 화형에 처한다는 어마어마한 형을 받았다. 망명길에 오른 단테가 할 일은 글을 쓰는 것뿐, 그래서 탄생한 작품이 「신곡」이다.

육유(陸游, 1125~1210)

중국 남송 때의 문인. 1만여 편의 시를 남긴 시인으로 간단하고 솔직한 표현, 사실주의적인 묘사로 당시 유행하던 강서시파(江西詩派)의 고상하고 암시적인 시풍과는 아주 다른 시를 써 명성을 얻었다. 그는 특히 당나라 때의 시인들이 완성한 율시(律詩)에서 탁월한 재능을 보였다. 그는 시를 통해 뜨거운 애국심을 나타내 지금까지도 중국에서는 애국 시인으로 통한다. 시인이 태어난 해인 1125년에 일어난 여진족의 중국 침략을 항의하였고, 침략자들을 몰아내고 잃어버린 북방 영토를 되찾지 못한 송나라 황실을 꾸짖었다. 평화정책을 추구하는 온건파가 황실을 지배하고 있을 때 그는 강경론을 주장하여 황실 관리로 승진하지 못했고, 과감하게 직언하여 네 번이나 직위가 강등되었다. 결국 관직을 떠나 고향으로 가 전원생활을 예찬하는 일에 전념하였다. 아내와의 애틋한 사랑의 전말은 지금까지도 사람들의 심금을 울리고 있다.

도스토예프스키(Fyodor Mikhailovich Dostoevsky, 1821~1881)

러시아의 소설가. 도스토예프스키의 인생과 작품 세계에 번개 같은 충격을 준 것은 사형 선고였다. 이상주의자인 페트라셰프스키의 독서토론회 모임에 단골로 참석했다는 이유로 사형 선고를 받고 형장에 끌려나가는 극한상황까지 체험하며 그는 4년의 시베리아 유형과 4년의 군생활을 합쳐 거의 10년 동안 고향 상트페테르부르크로 돌아오지 못했다. 유형지에서 허용되었던 책은 신약성서뿐이었는데 이 책을 거듭 읽으며 그는 그리스도에 대한 믿음을 다졌다. 즉 고통을 통해 세상을 구원한다는 그리스도의 가르침과 러시아정교회의 영성주의에 경도케 된 것이다. 그리하여 도스토예프스키는 인간 심성의 가장 깊은 곳까지 꿰뚫어보는 심리적 통찰력으로 특히 영혼의 어두운 부분을 드러내 보임으로써 20세기 소설문학에 지대한 영향을 주었다. 그의 소설들을 삶의 지혜와 영혼의 울림을 전달하는 데 예술이 매체로 이용된 뛰어난 본보기다. 도박 빚을 갚으려고 쓴 소설들이지만 그에게 '세계 문학사상 가장 위대한 소설가'라는 명성을 안겨주었다.

루 살로메(Lou Andreas-Salomé, 1861~1937)

독일의 작가. 자신의 저작보다는 당대 유럽의 최고 지성들과 우정과 애정을 나눈 것으로 더 유명하다. 1882년, 니체의 애인이었던 살로메는 그의 청혼을 거절하여 니체를 절망에 빠뜨렸다. 1897년에는 자신보다 14세 연하인 시인 라이너 마리아 릴케를 만나 사랑에 빠졌으며 릴케의 인생에 지대한 영향을 끼쳤다. 1911년, 빈에 근거지를 둔 정신분석학자들의 모임에 참가하여 지그문트 프로이트의 친구이자 제자가 되었다. 재색을 겸비한 발랄한 여인이었던 살로메는 주변에서 "불타는 생명력"을 가졌다고 평해지기도 했고 "춤추는 별"이라고 불리기도 했다. 동양학자인 F.C. 안드레아스와 결혼했지만, 남편이 죽고 난 뒤 살로메는 『회고록』을 집필했는데 릴케와 프로이트에 대한 이야기가 거의 전부를 차지하고 있었고 남편에 대해서는 별다른 언급이 없었다.

프리드리히 횔덜린(Friedrich Hölderlin, 1770~1843)

독일의 서정시인, 소설가. 1788년부터 1793년까지 튀빙겐대학교 신학부를 다녔다. 석사학위를 받고 사제 서품을 받을 자격을 얻었지만 성직에 몸담을 수는 없었다. 그리스 신화에 몰두하면서 그리스 신들을 해와 땅, 바다와 하늘 속에서 인간에게 자신의 존재를 현시하는 실제적인 생명으로 보게 된 탓이었다. 신학과 신화의 양립할 수 없는 긴장감은 횔덜린에게 존재의 조건으로 남게 되었다. 그는 또 시인을 신과 인간 사이를 중재하는 성스러운 기능을 수행하는 이로 여겼다. 미완의 대작 「히페리온」은 그리스의 자유를 위해 싸우던 전사의 환멸을 그린 비가조의 이야기로 연인 주제테 부인이 형상화되어 있다. 횔덜린은 정신적으로 균형을 잃기 2년 전에 쓴 시 「고향」의 종반부에서 자신의 운명을 이렇게 요약하였다. "하늘의 불을 우리에게 빌려준 저 신들은 성스러운 슬픔도 같이 주었다네/ 두어라, 지상의 아들인 나. 사랑하고 고통받도록 태어난 듯하구나."

에밀 졸라(Émile Zola, 1840~1902)

프랑스의 소설가, 비평가. 유전적인 요소가 인간의 본성을 결정한다고 믿어 자연주의 문학운동의 창시자가 되었다. '제2 제정 시대 어느 집안의 자연적·사회적 역사'

라는 부제가 붙은, 20권의 연작 소설로 이루어진 '루공-마카르 총서'에는 졸라의 대표작 세 권이 들어 있다. 『목로주점』(1877)은 부지런하고 성실한 세탁소 여자가 게으르고 술주정뱅이인 남편으로 인해 점점 사회의 밑바닥으로 떨어져 굶어 죽는다는 이야기로, 파리 노동자들을 사실적으로 묘사하였다. 창녀가 상류계층 사람들을 파멸의 구렁텅이로 빠뜨리는 『나나』(1880)와 광산촌 노동자들의 비참한 생활상을 그린 『제르미날』(1885)은 모두 그 당시 베스트셀러였다. 그는 한 유대계 프랑스인 육군 장교가 반역 혐의로 재판을 받은 드레퓌스 사건 때 장교의 무죄를 믿고 공개장 형식의 글을 발표, 12년에 걸친 보수와 진보 사이의 논쟁을 불러일으키기도 하였다.

애드가 앨런 포(Edgar Allan Poe, 1809~1849)

미국의 시인, 소설가, 평론가. 포는 미국 문학의 자랑이다. 프랑스 상징주의의 비조(鼻祖) 보들레르가 포의 영향을 절대적으로 받았기 때문이다. '조실부모'의 대표적인 문인 포는 절대빈곤 속에서 술에 빠져 살다 정신착란 증세를 보이는 등 생애를 불행하게 보냈다. 열세 살밖에 안 된 숙모의 딸과 결혼한 일은 두고두고 주변의 손가락질을 받았다. 1835년은 포가 리치먼드에서 잡지사 편집인으로 직장을 구한 해이며 결혼을 한 해였다. 포는 그 지면에서 평론가로서의 명성을 얻었지만 술 때문에 직장에서 해고되어 뉴욕으로 갔다. 많은 사람과 만날 때에 그는 대화를 잘하기 위해 약간의 흥분제를 필요로 했지만 셰리주 한 잔만 마셔도 발동이 걸려 계속 술을 마셔댔다. 1841년에 그는 최초의 탐정소설 「모르그 가의 살인사건」을 발표한 뒤 상당수의 소설을 썼다. 1847년 아내의 죽음 이후 다시 술독에 빠지고 폭음이 원인이 되어 결국 나이 마흔에 아내 곁으로 간다.

보들레르(Charles-Pierre Baudelaire, 1821~1867)

프랑스의 시인, 비평가. 살아서는 외설과 신성모독으로 기소당한 인물이었지만 죽어서는 19세기와 20세기를 통틀어 가장 위대한 시인으로 일컬어지는 기이한 인물이다. 가족의 모의로 내려진 한정치산자 선고와 엄청난 불행을 가져다준 혼혈 여인 잔느 뒤발로 말미암아 그의 생은 치욕의 연속이었다. 삶의 고통은 그를 아편과 대마초에 탐닉하게 했고 이것은 그의 문학에 '인공낙원'을 제공했다. 잔느 뒤발은 그에게 죽음의 원인이 되는 성병까지 주어 고생을 시켰다. 그러나 상징주의는 그로부터 시작되므로 사후의 그에게는 영광만이 남게 된다. 보들레르는 낭만주의의 부자연스러운 꾸밈을 거부하고 대부분의 내성적인 시 속에서 종교적 믿음 없이 신을 추구하는 탐구자로서의 모습을 드러냈다. 시인이자 비평가로서 그는 근대 세계의 인간 조건에 호소하고 있으며, 주제 선택의 제약을 거부하고 상징의 시적 힘을 강력히 주장한 점에서 19세기를 살았지만 20세기적인 인물이다.

괴테(Johann Wolfgang von Goethe, 1749~1832)

독일의 시인, 비평가, 정치가, 교육가, 과학자. 괴테는 세계 문학사의 거장이기도 하지만 다방면에 걸쳐 큰 업적을 남긴 사람이다. 과학에 관한 저서만 해도 14권에 이르고, 소설과 시, 희곡과 시극 등에서 탁월한 업적을 남겼다. 『젊은 베르테르의 슬픔』은 그 시대의 독자뿐 아니라 후대의 독자들까지도 사로잡은 연애소설이고 장편소설 『빌헬름 마이스터의 편력시대』와 비극 『파우스트』는 비평가들이 근대문학 최고의 작품으로 꼽고 있다. 괴테는 82년의 생애를 통해 인간의 한계를 넘어서는 신적 경지의 예지를 터득했으면서도 이성과의 사랑에 기꺼이 자신의 전 존재를 내던지곤 했다. 내적 혼돈으로부터 자신을 보호하기 위해 일상적인 생활 규율을 지키면서도 삶과 사랑, 사색의 신비가 투명할 정도로 정제된 마술적인 서정시들을 창조하는 힘을 잃지 않았던 절륜의 시인이었다.

발자크(Honoré de Balzac, 1799~1850)

프랑스의 소설가. 발자크는 젊은 날 여러 사업에 손을 댔다가 모두 실패해 6만 프랑 이상의 빚을 지게 되었다. 1829년부터 본격적으로 소설을 쓰게 되는데 그 이유는 빚을 갚기 위해서였다. 빚은 계속해서 늘어났고, 그래서 계속해서 소설을 쓰지 않으면 안 되는 운명을 짐지게 되었다. 사회 각계각층을 자세히 관찰하여 방대한 양의 장편소설과 단편소설을 연작으로 써 '인간 희극'이라는 제목을 붙였다. 그에게 '사실주의의 창시자'나 '소설의 셰익스피어' 같은 별칭이 붙은 이유는 논리 정연한 이야기 전개, 전지적 시점의 묘사, 일관성 있는 등장인물 등을 특징으로 하는 사실주의 소설기법을 확립했기 때문이다. 그는 인간의 정신이 세상사를 압도한다는 사실을 소설로 입증하기 위해 노력했으나 현실에서는 그렇게 하지 못했다. 한스카 부인과의 사랑을 이루기 위해 18년을 구애하여 가까스로 이루긴 했으나 5개월 동안 비참한 병상생활을 하다 죽었기 때문이다.

예이츠(William Butler Yeats, 1865~1939)

아일랜드의 시인, 극작가. 예이츠는 아일랜드 민족주의 정치가로 활동했으나 정치가로서도 혁명가로서도 큰 성공을 거두지는 못했다. 다만 1922년 아일랜드 자유국이 설립되어 예이츠는 아일랜드의 상원의원이 되어달라는 요청을 수락했고, 6년간 봉사했다. 1885년부터 시작 활동을 시작하고 희곡도 간혹 써 무대에 올렸지만 호평의 대상이 되기보다는 논쟁을 불러일으키곤 했다. 1904년에 더블린에 '애비 극장'을 설립, 그 운영에 전력을 다했다. 예이츠의 문학은 서서히 무르익어 가는 스타일이었다. 그는 시와 연극이 아일랜드의 전 국민을 변모시킬 수 있으리라 굳게 믿고 시와 희곡 쓰기에 전념했다. 비록 연애는 실패의 연속이었지만. 1923년 노벨문학상 수상 이후 작품 세계는 오히려 개화기를 맞아 시집 『비전』(1925), 『탑』(1928), 『나선층계』(1929) 등을 간행해 문명을 드높였다. 그의 묘비에는 "삶과 죽음을 냉정히 바라보라, 그리고 지나가라!"고 적혀 있다.

카슨 매컬러스(Carson McCullers, 1917~1967)

미국의 소설가. 어릴 때부터 문학에 재능을 보인 매컬러스는 열다섯 살 때부터 당시 그녀의 우상적 존재인 유진 오닐의 작품을 흉내내어 근친상간, 정신이상, 살인 등을 주제로 한 희곡을 쓰기 시작했다. 1940년, 첫 장편소설 『마음은 외로운 사냥꾼』을 발표함으로써 그녀는 23세 이른 나이에 문학평론가들의 격찬을 받아 작가로서의 위치를 확립하였다. 계속해서 『금빛 노동자에 비친 모습』, 『결혼축하객』, 『슬픈 카페의 노래』, 『바늘 없는 시계』 등을 발표했는데 이 가운데 『결혼축하객』은 1950년에 작가 자신이 희곡으로 각색하여 브로드웨이에서 대성공을 거두었다. 일생의 대부분을 병마에 시달리고 죽음의 검은 그림자를 마주보며 살아온 그녀가 상상하기도 힘든 핸디캡을 굳은 의지로 극복하며 뇌출혈로 세상을 떠나기 직전까지 작품 활동을 계속했다는 것은 가히 기적적인 일이었다.

로렌스(David Herbert Lawrence, 1885~1930)

영국의 소설가, 시인, 수필가. 20세기 영국을 대표할 만한 작가로 당대에 떠들썩한 논쟁을 불러일으켰다. 주요 작품으로 『아들과 연인』, 『사랑하는 여인들』, 『무지개』, 『날개 달린 뱀』 등과, 여러 나라에서 외설 시비로 발매가 금지된 『채털리 부인의 사랑』이 있다. 로렌스는 영국 중부 노팅엄의 이스트우드 광산촌에서 광부의 아들로 태어났다. 태생은 불우한 편이었으나 초인적인 노력으로 운명을 타개했다. 열두 살 때 장학금을 얻어 노팅엄고등학교에 입학했다가 3년 뒤인 1901년, 의료기구 공장에 취직을 하여 학교를 떠났다. 1902년에서 6년까지 이스트우드의 초등학교에서 수습 교사로 일하면서 노팅엄대학에서 학업을 계속하여 교사자격증을 얻었다. 졸업 후 런던 교외의 크로이던에서 교사생활을 시작했으나 대학 시절 은사의 부인인 프리다와 사랑에 빠지면서 교직에서 물러났다. 독일로 건너가 결혼한 것도 적극적인 삶의 과정에서 일어난 일이었다.

버지니아 울프(Adeline Virginia Woolf, 1882~1941)

영국의 소설가, 비평가. 철학자이며 『대영전기사전』의 편집자인 레슬리 스티븐의 딸로 태어나 아버지의 감화로 문학에 눈을 떴다. 부모님이 돌아가신 뒤 남동생 에드리언을 중심으로 케임브리지 출신의 학자, 문인, 비평가들이 그녀의 집에 모여 '블룸즈버리 그룹'이라는 지성인 집단을 만들었다. 1905년부터 『타임스』 등에 문예 비평을 기고하였고, 1915년 처녀작 「출항」을 발표하였다. 주인공이 주위 사람들에게 주는 인상과 주위 사람들이 주인공에게 주는 인상을 대조하여 그린 새로운 소설 형식으로 『댈러웨이 부인』(1925)을 발표, 작가적 명성을 얻었다. 1927년에는 유년기 원체험의 서정적 승화라고 할 수 있는 『등대로』를 발표, 의식의 흐름 기법으로 인간 심리의 가장 깊은 곳을 탐색하였고, 시간에 대한 새로운 개념을 제시하였다. 60세에 한 투신자살의 원인은 소녀 시절부터의 정신적 외상에 기인한 것이었다.

유진 글래드스턴 오닐(Eugene Gladstone O'Neill, 1888~1953)

오닐의 희곡은 미국 연극사 전개에 있어 거의 처음으로 사실주의 기법을 도입한 것으로, 그 점에서 러시아 희곡 작가인 안톤 체호프, 노르웨이 희곡 작가인 헨리크 입센, 스웨덴 희곡 작가인 아우구스트 스트린드베리와 연관된다. 그의 작품에는 최초로 영어를 미국 방언으로 발음한 대화가 포함되어 있다. 오닐의 극에 등장하는 인물은 사회의 주변부에서 살아가고 있으며, 불량한 행동을 하며, 자신의 꿈과 희망을 이루려고 고군분투하지만 결국에는 환멸과 절망에 빠지고 만다. 오닐은 오직 한 편의 희극만 썼다(「Ah, Wilderness!」). 그 한 편을 제외한 나머지 모든 작품은 자기 집안의 비극상과 개인적인 비관론이 담겨 있다. 사후에 공연된 「밤으로의 긴 여로」 는 자전적인 이야기를 고통스럽게 드러낸 작품이다. 하루 동안 전개되는 가족의 생활을 그린 이 작품은 좌절한 마약 중독자 어머니, 사회생활에 실패하고 남편과 아버지 구실을 제대로 못하는 무능한 아버지, 심한 알코올 중독자인 큰아들, 정신적 생존에 대한 실낱같은 희망을 안고 있지만 인생에 환멸감을 느끼는 결핵환자인 작은아들 등 4인의 내면을 탐색해 들어간 고백록이다.

이사도라 덩컨(Isadora Duncan, 1877~1927)

미국의 무용가. 창작 댄스를 창조적 예술의 차원으로 끌어올린 최초의 인물. 미국에서 처음 공연했을 때는 큰 성공을 거두지 못했으나 자유분방한 공연 양식으로 영국과 러시아를 비롯한 유럽 곳곳에서 열광적인 찬사를 받았다. 덩컨은 대영박물관에서 고대 그리스 조각상들을 연구하면서 자신이 그때까지 본능적으로 추던 춤사위와 자세들이 고전적인 것임을 확인하고 고전적인 춤사위를 부활시켜 자신의 것으로 변형시켰다. 한동안 유럽의 발표회장은 숲의 요정처럼 옷이라곤 별로 걸치지 않은 채 맨발로 춤추는 이 젊은 여성을 보려는 사람들로 가득 찼다. 사생활 또한 세간의 금기들을 줄곧 거부한 탓에 그녀의 예술만큼이나 화제가 되었다. 그녀의 춤은 시대를 확실히 앞선 것이었고 사회의 인습을 완전히 무시하여 대중에게 '자유연애'의 옹호자로만 여겨지기도 했으나 오늘날 덩컨은 현대무용의 위대한 개혁자로서 확고한 자리를 차지하고 있다.

로맹 가리(Romain Gary, 1914~1980)

1914년 모스크바에서 태어나 14세 때 어머니와 함께 프랑스로 이주, 니스에 정착했다. 법학을 공부한 후 공군에 입대해 훈장을 받기도 했다. 1945년 『유럽의 교육』이 비평가상을 받으며 성공을 거두었고, 탁월하고 시적인 문체를 지닌 대작가의 면모를 드러냈다. 같은 해 프랑스 외무부에 들어가 외교관 자격으로 불가리아의 소피아, 볼리비아의 라파스, 미국 뉴욕과 로스앤젤레스에 체류했다. 1949년 『거대한 옷장』을 펴냈고, 『하늘의 뿌리』로 1956년에 공쿠르상을 받았다. 로스앤젤레스 주재 프랑스 영사 시절에 배우 진 세버그를 만나 결혼하였고, 여러 편의 시나리오를 쓰고 두 편의 영화를 감독했다. 1961년 외교관직을 사직, 단편소설 「새들은 페루에 가서 죽다」(1962)를 발표했다. 에밀 아자르라는 가명으로 『자기 앞의 생』을 써 공쿠르상을 또다시 받았다. 할리우드에 진출, 영화배우 진 세버그를 만나 사랑에 빠지고 본부인과 이혼을 한 뒤에 진과 재혼했다. 실종 8일 만에 진 세버그의 시체가 발견되자,

가리는 15개월 뒤에 권총 자살을 한다. 자신이 왜 에밀 아자르라는 이름으로 소설을 써야만 했는지를 밝힌 고백서인 『에밀 아자르의 삶과 죽음』은 자살 이듬해에 출간된다.

꿈꾸듯 미치도록 뜨겁게

1판 1쇄 발행   2022년 4월 18일

지은이   이승하
발행인   윤미소
발행처   (주)달아실출판사

책임편집   박제영
디자인   전형근
마케팅   배상휘
법률자문   김용진

주소   강원도 춘천시 춘천로 257, 2층
전화   033-241-7661
팩스   033-241-7662
이메일   dalasilmoongo@naver.com
출판등록   2016년 12월 30일 제494호

ⓒ 이승하, 2022
ISBN 979-11-91668-38-4 03810